Oorlog op Volle Zee
Een roman uit de
Tweede Wereldoorlog
RICHARD G. HOLE

Oorlog op Volle Zee
Een roman uit de Tweede Wereldoorlog

Richard G. Hole

Tweede Wereldoorlog

SAMENVATTING

Het duurde niet lang om te zinken.

Hij deed het voor het korvet, waarvan een deel van de structuur nog steeds boven het water leek en de snelheid niet al zijn mannen de tijd gaf om uit de romp te komen, waardoor ze naar de bodem van de oceaan werden gesleept.

Tientallen boten dreven nu op het water.

Iedereen, vriend en vijand, zonder onderscheid, roeide woedend naar de kustwacht, maar deze ging op in zijn gevecht met de tweede onderzeeër om ze te kunnen afhandelen.

Oorlog op Volle Zee is een verhaal dat behoort tot de collectie van de Tweede Wereldoorlog, een reeks oorlogsromans ontwikkeld in de Tweede Wereldoorlog

OORLOG OP VOLLE ZEE

Vanaf het commandodek van de Candell keek James Hunter, kapitein van de kustwacht, om zich heen.

Zodra het oog kon reiken, strekte het enorme konvooi van vijftig schepen zich uit, dat, volgens de route van Moermansk, de Noord-Atlantische Oceaan overstak, op verzoek van die Russische haven.

Het was laat in de middag en een lichte wind van de Groenlandse kust kabbelde over het oppervlak van de oceaan.

De kustwacht, gekwalificeerd voor die taken vanwege het tekort aan oorlogsschepen, wiens aanwezigheid in andere oorlogstheaters noodzakelijk was, stak dapper de sector over van de linkerkant van het konvooi dat het had moeten bewaken.

James richtte zijn verrekijker in de verte en nauwelijks zijn daad opmerkend begon te fluiten.

'Bent u tevreden, kapitein?' Vroeg Bruce Deut, de tweede in bevel.

"Eerlijk gezegd wel", antwoordde hij. We zijn de helft van de reis geweest zonder dat er iets is gebeurd. Hoewel het te vroeg is om de overwinning te claimen, geloof ik dat we deze keer die verdomde Duitse onderzeeërs zullen kunnen vermijden.

Deut leunde tegen de reling en blies rook uit zijn zwarte pijp.

'Het is nog niet te laat voor de dans,' zei hij. Wacht tot we de Noorse kust naderen. Die piraten hebben daar hun nest en ze laten ons niet passeren zonder ons een beetje te laten bewegen op het ritme dat ze ons aanraken.

James knikte. Hij wist maar al te goed dat Deuts woorden waar waren. Er was geen enkel konvooi dat kon opscheppen dat het Noorwegen was gepasseerd, zonder slachtoffers te hebben gemaakt en dat zou geen uitzondering zijn.

'Ik weet het,' antwoordde hij, 'maar je denkt altijd graag dat het beste gaat gebeuren. En het beste in dit geval zou zijn dat er een regelmatige storm uitbreekt, waardoor deze plunderaars gedwongen worden in hun schuilplaatsen te blijven.

'Misschien zal God je horen en zullen we een rustige reis hebben,' antwoordde Deut.

Hij was iets ouder dan James, hoewel minder lang en gedrongen, en de blonde baard die op zijn onderkaak krulde droeg bij aan een veel respectabeler uiterlijk.

'Ik zie niets,' zei James, terwijl hij de verrekijker liet zakken.

Deut glimlachte humoristisch.

'Ik verzeker u dat als ze aankomen, ze hun visitekaartje niet eerder zullen doorgeven,' antwoordde hij.

De rest van de middag en nacht zeilden ze veilig naar het oosten, en halverwege de ochtend zagen ze een rafelige lijn, waarover James zijn verrekijker weer richtte.

"Noorwegen in zicht" zei hij tegen Deut die net naast hem was verschenen.

"En aankondiging van walging," antwoordde de laatste.

De eerste waarschuwing om het gevecht voor te bereiden werd echter pas in de middag van diezelfde dag aan boord van de "Candell" ontvangen, toen de ruige kusten van Noorwegen al met enige duidelijkheid zichtbaar waren.

De radio-operator aan boord presenteerde zich aan James, met een stuk papier in zijn hand, dat hij aan zijn kapitein overhandigde en zei:

'Het is van de konvooicommandant.

Hunter las het bericht. Commodore Crayton zou aankondigen dat een van de verkenningsschepen een vijandelijke onderzeeër twintig mijl naar het zuiden had gesignaleerd, en hem bevolen om zich van het konvooi los te maken om het te onderzoeken.

"Gaan we alleen?" vroeg Deut.

'Ik weet het niet,' antwoordde James. Maar als dat zo is, God helpe ons, als verschillende onderzeeërs zich hebben verzameld om ons aan te vallen.

Hij gaf de juiste bevelen en het kleine schip veranderde van koers, met haar fijne boeg naar het zuiden.

'De rust is voorbij, Deut,' zei hij.

"Dat is mijn mening. En ik denk dat de honderdvijftig man van de bemanning het met ons eens is.

"Ik ben blij met zo'n unanimiteit," antwoordde James.

Er ging iets gebeuren. Dat was zeker. Ze hadden nog steeds geen nieuws dat een Duitse onderzeeër de strijd was ontvlucht terwijl deze zelfs maar vijf procent kans had om schade aan te richten in zijn voordeel.

Tien minuten na het verlaten van het konvooi, toen de silhouetten van de schepen die het hadden gemaakt nog steeds zichtbaar waren in de verte, wendden James en Deut tegelijkertijd hun ogen van de zee af om het naar de lucht te verplaatsen, aangetrokken door het geluid dat erin resoneerde .

"Ik eet het kanon op, als het geen vliegtuig is", zei Deut.

Hij was aan het gokken met alle voordelen van zijn kant. Het apparaat was in de verte perfect zichtbaar. Zijn zwarte massa stak af in de blauwe lucht en tekende cirkels die hij van tijd tot tijd onderbrak om zichzelf op iets in het water te lanceren.

James ving het op in de zichtbare cirkel van zijn verrekijker en kondigde aan:

"Het is een RAF-bommenwerper. En of ik heb het helemaal mis, of het valt onze onderzeeër aan.

'Nou, als het mis gaat, hebben we tenminste hulp', zei Deut filosofisch. Commando om zafarrancho te spelen?

"Ja.

De klokken begonnen in elke hoek van de kanonneerboot te horen en, gehoorzaam aan zijn oproep, renden alle mannen die deel uitmaakten van de scheepsbemanning naar hun posten.

Toen ze oprukten naar de plaats waar het vliegtuig met zijn rivaal vocht, werden de waterdichte compartimenten gesloten.

Degenen die verantwoordelijk zijn voor het afwerpen van de dieptebommen, de kanonniers en de reparatieploegen; ze wachtten op het moment, hun gezichten gespannen.

Ze waren al op korte afstand van het punt waar de duikboot zou moeten zijn, maar ze konden er geen spoor van waarnemen. De bommenwerper was op weg naar het zuiden, maar in plaats daarvan voeren twee Engelse korvetten die hen vergezelden om het konvooi te beschermen op volle snelheid rechts van de 'Candell'.

'Goed nieuws,' antwoordde James. Doe Maar!

De onderzeeër bleek te zijn opgeslokt door de zee.

Ruim een uur lang verkenden ze tevergeefs de omgeving. Eindelijk zei Deut:

'Nou. We zijn het kwijt.

De kustwacht draaide zich op zijn hurken en ging met vol gas op het konvooi af, maar ze waren nog geen halve knoop opgeschoten toen de uitkijkposten een waarschuwingskreet gaven.

Onderofficier Cawston rende opgewonden naar James toe.

'Een onderzeeër aan de oppervlakte, meneer,' zei hij. Achter ons.

Weer ging de bel en riep de bemanning om uit te stappen. James beval om zich om te draaien en richtte zijn verrekijker op de duikboot, maar voordat de kanonniers hadden kunnen vuren, dook deze weer onder.

Dat was echter niet de reden waarom de "Candell" het veld verliet.

"Kom op! Vol gas", beval Hunter.

Binnen een paar minuten waren ze op de plaats waar de vijand was ondergedompeld.

'Begin de aanklacht in te dienen,' beval James Deut.

De enorme bolvormige granaten begonnen door de katapult te worden geprojecteerd, waardoor enorme straaljagers het water raakten.

Een dozijn van hen werden gelanceerd toen de telegraaf James weer naderde, die de manoeuvre vanaf de commandobrug gadesloeg.

Het nieuwe bericht kwam van een van de Engelse korvetten die op een splitsing in de Candell voer. Blijkbaar viel hij samen met zijn partner een andere onderzeeër aan die hij met zijn detectorapparaat had ontdekt.

"Het is al twee" fluisterde James

Opnieuw gaf hij het bevel om de koers te keren en lanceerde hij zich naar de plaats waar beide korvetten dieptebommen afvuurden in de hoop de duikboot op te blazen en hen bij de taak te voegen.

Tien minuten later, toen de duisternis bijna volledig was, verschenen er olievlekken tussen het schuimende oppervlak van de zee, verwijderd door de ladingen.

"Een vijand minder," zei Deut.

Op het schip was geen enkel licht aangestoken. James wierp een blik op zijn horloge en controleerde of het negen uur 's nachts was. Hij bleef nog een tijdje rondhangen op zoek naar nieuwe vijanden, en beval uiteindelijk het konvooi te buigen.

Tien minuten lang zeilden ze op volle snelheid, terwijl de vrolijke commentaren van de bemanning werden gehoord, maar het gevecht was nog niet voorbij, verre van.

Plots leek er een enorme strook wit licht uit de zee te komen. James drukte zijn vingers tegen de brugleuning en riep uit:

'Jezus, Deut! Ze vallen het konvooi aan.

Het licht nam in intensiteit en volume toe en trok de blikken aan van beide matrozen die er zwijgend en nors naar staarden.

Crashes van verre explosies begonnen de "Candell" te bereiken.

De knallen van de kanonschoten werden vermengd met de explosies van de torpedo's en het toneel werd verlicht door een olietanker die al in brand stond en door de fakkels die door de escorteschepen werden gelanceerd om de aanvallers beter te bestrijden.

Hij beval de machines op maximale druk te zetten en de twee schoeners waren spoedig achter, maar voordat de kustwacht de plaats van het gevecht kon bereiken werd er een ander bericht ontvangen van het konvooi.

Zijn angsten waren niet ongegrond. Deze werd aangevallen door minstens een dozijn Duitse onderzeeërs. Een van de schepen waaruit het bestond was achtergebleven en de opdracht voor de "Candell" was om voor zijn bescherming te zorgen.

'Ik vind dit helemaal niet leuk,' mompelde James. Ik verdedig liever het konvooi.

Het schuim van de oceaan leek te koken onder de kiel van de "Candell" toen de koers weer werd veranderd, en een half uur later waren ze in het zicht van het achterblijvende schip, zo'n tien kilometer van het konvooi.

Tijdens de nacht kwamen ze dichter bij hem. Het moet grote storingen hebben gehad in een van zijn motoren, aangezien het nauwelijks vooruitging met een derde van zijn normale snelheid. James nam contact op met zijn kapitein en samen vervolgden ze hun reis.

'Wat zal er verderop gebeuren?' vroeg Deut.

Ze konden het niet weten. Ze waren te ver van het konvooi verwijderd om zelfs de explosies van de projectielen te horen. Slechts een zwak licht, dat met spookachtige verschijningen over het oppervlak van de oceaan opsteeg, vertelde hen dat het getroffen schip, waarschijnlijk een olietanker, nog steeds in brand stond.

Kort voor zonsopgang bereikten ze hem, maar tegen die tijd was het schip gezonken, hoewel het water vermengd met de olie hier en daar nog steeds sist.

James fronste zijn wenkbrauwen. De lage snelheid opgelegd door het koopvaardijschip had hen alleen gelaten op het oppervlak van de zee. Het konvooi was vertrokken en ze konden er geen spoor van krijgen.

'Wat een stemming,' gromde hij.

Als de Duitse onderzeeërs succesvol waren geweest in hun aanval, was het mogelijk dat ze tevreden met de resultaten van de plaats van het gevecht waren weggegaan.

Maar in een ander geval zouden ze misschien enkele eenheden hebben achtergelaten om de zee te verkennen. En zij waren daar, die die invalide der zeeën vergezelden...

Toen ze naar hem opkeek, zag ze een enorme kolom schuim in het water opstijgen naast het schip dat ze begeleidden.

"Een torpedo!" Hij mompelde. We zijn klaar!

Al snel werden ze ook aangevallen. Een tweede torpedo scheurde een brede krater in het water aan de kant van de Candell en raakte hem niet minder dan twintig meter.

Al het personeel bleef op hun post, hun gezichten gespannen.

Nu was James er zeker van dat ze niet alleen door een onderzeeër zouden worden aangevallen, maar hij zorgde ervoor zijn vermoedens niet aan anderen te communiceren, om hen niet te demoraliseren en alleen Deut was een deelnemer in hun angsten.

'Ik heb het door,' antwoordde hij met de grootste kalmte. "We hebben een slechte stap gezet.

Een nieuwe torpedo sneed een groef in het water, maar ging achter de kustwacht voorbij. Op dat moment gaven de uitkijkposten de stem van:

"Onderzeeër naar stuurboord!

Er was de piraat van de zeeën, half onder water. In het onzekere licht van de dageraad waren zijn torentje en het kielzog dat het achterliet zichtbaar.

De "Candell" was bliksemsnel op hem af. De onderzeeër ontvluchtte het gevecht en zodra twee kanonschoten naast hem ontploften, ging hij onder.

Maar hij was gedoemd. De kustwacht zweefde boven hem en de dieptebommen werden opnieuw geplant.

Een paar minuten later rook James de olie en kondigde aan dat een tweede onderzeeër tot zinken was gebracht door de "Candell".

Zou zo'n geluk mogelijk zijn? Hij vroeg zich af.

Het was de derde onderzeeër die de kustwacht in twaalf uur had aangevallen en het geluk had nog niet genoeg van hen zijn gezicht te laten zien.

Een uur later gaf de geluidsdetector aan dat er een andere duikboot rond die plaatsen zweefde.

James observeerde de oscillatie van de instrumentennaald dic gewond was geraakt door het gezoem van de motor van de onderzeeër toen hij een waarschuwingswoord hierboven hoorde:

"Periscoop!

Gevolgd door Deut en de bootsman klom hij op volle snelheid de ladder op, op tijd om te zien hoe hij in het water verdween en een draaikolk achterliet, als het enige spoor van zijn aanwezigheid.

Op zijn bevel bevond de "Candell" zich bovenop hem en verspreidde de zee van ladingen, hoewel ze niet konden weten of ze hem hadden laten zinken of niet.

"Zijn helm is erg hard als hij die stortvloed aan explosies heeft kunnen weerstaan", merkte Deut op.

De vijfde onderzeeër ontmoette hen om 12.00 uur. Hij was aan de oppervlakte, ongeveer vijf kilometer verderop, en James wendde zich tot zijn tweede en riep uit:

"Het duikt niet onder. Denk je dat je ons gaat achterlaten?

Toen de "Candell" op hem af kwam, was hij ervan overtuigd dat het niet zo was toen hij hem weer zag zinken en er nog een dieptebom werd gezaaid op de plaats waar hij uit het zicht verdween.

Het weer, dat tot dan toe rustig was geweest, maakte halverwege de middag plaats voor een orkaanwind, die fluitend door de uitrusting van de kustwacht fluit en afremt.

James liet Deut en Cawston komen en kondigde aan dat ze dicht bij het konvooi waren.

"We zullen hem echter pas kunnen benaderen als het nacht is", zei hij. Als de laatste twee onderzeeërs niet zijn gezonken, zullen ze ons misschien volgen en zullen we ze op hun spoor zetten.

"Is het konvooi gestopt?" vroeg Deut.

"Slechts een derde daarvan, om de bemanning op te halen van twee schepen die beschadigd waren en tot zinken moesten worden gebracht. Ik kreeg net een bericht van de Commodore.

"Wat doen we dan?

"De koers van tijd tot tijd verdraaien, om ze te misleiden.

Toen het donker begon te worden, richtte hij resoluut de boeg op het konvooi, gevolgd door het koopvaardijschip, dat zijn schuilplaats niet verliet.

'Kijk,' merkte Deut plotseling op.

Weer rees de witte gloed van een vreugdevuur voor zijn ogen op.

'Ze blijven het konvooi aanvallen,' gromde James.

De geluidsdetector meldde de aanwezigheid van een onderzeeër die gevaarlijk dichtbij was. James kon zien dat amper vijfhonderd meter hem van hem scheidde en de "Candell" draaide zich snel om om hen aan te vallen met de uitloper.

"De kanonnen!" Donderde James.

Terwijl de kustwacht door het water raasde, begonnen de kanonniers aan hun taak.

Het was duidelijk dat de onderzeeër was verrast toen hij naar de oppervlakte kwam. De waarnemer had waarschijnlijk het konvooi in de gaten gehouden zonder de komst van de kustwacht op te merken en dat zou hem duur komen te staan.

Vanaf de brug was James opgewonden toen hij zag dat het een groot schip was met een hoge toren en zware wapens.

De bemanningsleden werden gevangen in hun verrekijker. Ze bewogen snel en probeerden een van hun kanonnen in de richting van de kustwacht te richten, al die tijd waarschuwend.

"Die machinegeweren!" riep Jacobus uit.

Een half dozijn van hen, zwaar kaliber, veegde het dek van de onderzeeër, waarvan ze slechts tweehonderd meter van elkaar verwijderd waren.

James keek naar de actie met ogen helder van opwinding. Naast hem kauwde Deut zenuwachtig op zijn pijp.

"Zij zijn van ons!" Hij zei.

Plotseling voelde Hunter een scherpe pijn in zijn rug en rechterwang en kreunde. Deut draaide zich naar hem om en haalde de pijp uit zijn mond, terwijl hij het bloed over het gezicht van zijn superieur zag lopen.

James vermoedde dat ze hem probeerde te helpen en klemde zijn tanden op elkaar, in een poging zichzelf te beheersen.

"Stil" zei hij met een serene stem. Geef me je zakdoek.

Deut gaf het aan hem en James veegde het bloed ermee van zijn gezicht en smeerde het op de wond. Deut riep opgewonden uit:

"Ga van de brug af, James.

"Nu?" Deze gevraagd. Denk er niet eens aan...

Hij klemde zijn handen op de reling en keek naar het gevecht.

'Bevallen ze ons van achteren aan, Deut?' Hij vroeg.

"Niet dat ik weet.

'Dus wat heeft me in godsnaam pijn gedaan? Mijn rug voelt alsof er tientallen spelden in me zijn gestoken.

Deut keek om. Het schild van een van de kanonnen was gevallen, losgemaakt door een vijandelijk projectiel en de splinters die door het schot waren afgescheurd waren degenen die James hadden verwond.

De onderzeeër probeerde te draaien toen de "Candell" erop neervloog, maar de boegspoor van de kustwacht leverde een vluchtige slag toe, waardoor de helft van de bemanning van het schip op de grond viel.

Toen ze zich van de onderzeeër losmaakten, schoten de kanonnen opnieuw van dichtbij op hem.

James voelde een ondraaglijke pijn in zijn rug, maar hij bleef bevelen geven zonder zijn post te verlaten en voelde duizend hete splinters zijn huid en vlees verbranden.

Hij vergat de pijn toen hij zijn vijand zag huiveren, geschokt door de klap.

Een seconde lang flitste er een licht op, toen was het weg en begonnen de mannen de onderzeeër een voor een te verlaten, terwijl het monster langzaam zonk.

'Raap de schipbreukelingen op,' beval hij.

De Duitse matrozen zwommen in de richting van de kustwacht, maar voordat ze hun kant konden bereiken, werden ze opgeslokt door de immense werveling die het zinken van het schip veroorzaakte en verdwenen erdoor.

James en de anderen hadden niet veel tijd om het te voelen.

De Candell koerste naar bakboord en haar kapitein hoorde al snel dat ze een gat van veertien voet in haar zij had, onder de waterlijn, waardoor het water stroomde.

De wind was in intensiteit afgenomen, maar deed nog steeds grote golven oprijzen die hem in gevaar brachten schipbreuk te lijden terwijl ze tegen zijn flanken sloegen.

James ging naar de plaats waar de fout was gelokaliseerd. Deut, die hem volgde, zag plotseling de grote rode vlek op zijn rug en riep:

'Je moet jezelf in de handen van de dokter leggen. Je gaat doodbloeden.

"Laat me nu met rust!" was het antwoord.

Cawston had de lenspompen al gestart, maar ondanks hun razendsnelle snelheid kwam er meer water binnen dan ze eruit konden halen en begon het peil te stijgen.

Het kwam eerst tot hun enkel, toen waren hun knieën vochtig van het brakke water van de Atlantische Oceaan.

'Er is niets te doen,' mompelde de bootsman.

Plotseling ging het licht uit en stopten de motoren. James zwoer.

"De arme 'Candell' is veranderd in een boomstam," zei Deut.

'En dat je het zegt. Ik weet niet of we lang kunnen blijven drijven.

De lenspompen zetten hun werk in het donker voort, met de arm bediend.

Het was niet het ergste dat het water langzaam bleef stijgen, maar de onzekerheid. James wist heel goed dat het gevecht doorging en elk moment konden ze een torpedo ontvangen die een einde zou maken aan het lijden van het dappere bootje.

Gelukkig voor hen was het al donker en was het zicht nul. Je zou niet willen, Deut leidde hem naar zijn hut toen hij merkte dat zijn benen bogen, en James lag uitgestrekt op het bed met zijn gezicht naar beneden.

Dr. Barnet trok hem met een behendige hand zijn kleren uit en onderzocht de wond.

"Er zou een krachtige magneet nodig zijn om zoveel doornen te verwijderen als erin vastzit", zei hij. Ik zal het echter proberen.

Een half uur lang bracht James de martelingen van de hel door. De dokter prikte met een pincet in zijn wond en elk stuk staal dat hij wist te verwijderen kostte de matroos een stortvloed van zweet.

Halverwege de taak nam hij de zakdoek waarop hij beet van zijn mond om Deut te vragen hoe het kimmanoeuvre ging.

"We zijn erin geslaagd een deel van de kloof te dichten", antwoordde hij. We werken bij kaarslicht, maar ik denk dat we het hoofd boven water zullen houden.

Eindelijk voltooide Barnet de taak. Toen hij klaar was met hem te verbinden, ging James, wiens gezicht bleek en verward was in het zwakke licht van de kaars die de hut verlichtte, op de rand van het bed zitten.

De uren gingen langzaam en pijnlijk voorbij, totdat het ochtendlicht door het raam van de cabine begon te sijpelen en hem opkeek.

En op dat moment, als een voorteken van de dood, toen ze schenen te hebben gezegevierd, klonk de stem van een van de mannen van de bemanning boven met tremelo's van angst, die zijn hart deed schrikken.

"Schip in zicht! Het komt naar ons toe!

James kreunde bijna.

Ze sprong overeind, vastberaden haar lippen op elkaar. Nu, meer dan ooit, was hij vastbesloten om aan boord van de Candell te vechten tot zijn laatste ademtocht, tot zijn laatste raket, wie het ook was.

Plots voelde ze haar zicht vertroebelen en haar benen knikten.

"Barnet!" Hij belde.

De dokter rende al naar hem toe en hield hem overeind. James sloeg een arm om haar schouders en zei hees:

"Breng mij naar boven.

Barnet probeerde te protesteren. Dikke druppels koud zweet parelden op het voorhoofd van de matroos, wiens gebaar beslissender werd.

'Niets zeggen', voegde hij eraan toe. Bovenstaande.

Het had geen zin om ruzie te maken met een man als deze, die ondanks zijn jeugd over een ijzeren wil beschikte.

Barnet nam aan dat hij door de beproeving van de hel ging en legde niet uit waar hij de kracht kon vinden om met hun hulp de ijzeren ladder te beklimmen en naar de brug te klimmen.

Daar aangekomen verscheen Deut naast hen.

'Waar is het schip?' vroeg Jacobus.

Deut wees hem in een bepaalde richting naar stuurboord. James staarde donker naar de snel naderende zwarte massa en beval zijn ondergeschikte:

'Laat de artillerie onmiddellijk klaar zijn om te vuren.

Terwijl Deut het bevel doorgaf, richtte James de verrekijker op het schip, dat dreigend op hen af kwam.

Angst drukte op zijn borst. Zou het vriend of vijand zijn? Zouden ze opnieuw moeten vechten, in de toestand van de "Candell"?

Het andere schip kwam eindelijk tevoorschijn uit de nevelslierten die het omhulden, en zijn naam, in zwarte letters op de achtersteven geschreven, werd perfect zichtbaar voor James.

"" Burza "" gelezen. "Deut! "schreeuwde hij vrolijk. Niet schieten! Het is de "Burza"! Geef hem een teken.

De vlaggen wapperden in de lucht. James liet de verrekijker zakken.

Zonder ze nodig te hebben, kon hij het reactiesignaal van de Poolse torpedojager zien en dat veroorzaakte een luid gejuich van de bemanning van de gehavende kustwacht.

"Hé, Jacobus!" schreeuwde Deut van beneden. Hij komt ons te hulp.

De "Burza" was een Poolse torpedobootjager die hen assisteerde bij het begeleiden van konvooien. Bij de evacuatie van Duinkerken had de Duitse luchtvaart hem zonder boeg gelaten, maar dankzij een bovenmenselijke inspanning van zijn bemanning en een wonder uit de hemel dat hem in staat stelde het hoofd boven water te houden, slaagde hij erin een Engelse haven te bereiken waar ze een nieuwe boog.

Sindsdien jaagt hij met dezelfde woede op Duitse onderzeeërs alsof het kwaadaardige dieren waren en had hij een staat van dienst die het waard was om in de annalen van de meest ambitieuze kapitein van de marine te verschijnen.

De "Burza" manoeuvreerde behendig en werd naast de kustwacht geplaatst en met de hulp van zijn mannen kon de schade voldoende worden gerepareerd om terug te gaan naar de Verenigde Staten.

Het Poolse schip begeleidde hen twee dagen en twee nachten, totdat ze de leiding kregen over een slank Canadees korvet, dat het beschermde terwijl de sleepboot die hen naar de Verenigde Staten zou brengen, arriveerde.

Eindelijk ontmoetten de twee Amerikaanse schepen elkaar midden op de oceaan. Tegen die tijd waren James' wonden aan het genezen, en toen het kleine gestalte van de dappere sleepboot boven de horizon doemde, kon hij niet anders dan naar adem snakken.

"Hemel, Deut! Wat zijn ze dapper! Kijk hoe gewaagd om in die schelp de zee op te gaan...

Noch hij, noch Deut wisten niet dat de Germaanse duikboten in hun stoutmoedigheid naar de Amerikaanse kust kwamen. Bovendien waren sommigen van hen stroomopwaarts van de St. Lawrence-rivier gevaren.

En toch hadden de zes of zeven mannen op de sleepboot niet geaarzeld om zulke risico's te nemen; bewust van wat een oorlogsschip in die tijd betekende.

De kapitein van de sleepboot, een oudere man die aan dek zo rustig rookte alsof hij toeristen rondkuierde op Lake Michigan, begroette hen en zwaaide met zijn hand in de lucht.

Onmiddellijk werd er een kabel naar hen gegooid en de "Candell" nam afscheid van het Canadese korvet, maar voordat hij vertrok, overhandigde James zijn officieren drie prachtige kalkoenen uit de koelkast van de kustwacht.

De ontvangst die aan de "Candell" werd gegeven op de scheepswerven waar hij gerepareerd moest worden, was een hoogvliegend schip waardig.

De hele bemanning kreeg een maand verlof en toen ze terugkeerden naar Philadelphia was de "Candell" gerepareerd, gloednieuw en als nieuw.

Het gat was gedicht en de machines hebben goed werk geleverd. Toen James er weer in klom, keek hij opgewonden naar de honderdvijftig mannen die naar hem grijnsden.

'Jongens,' zei hij tegen hen. We staan nog steeds op de zwarte lijst van Hitler en we hebben geweldige dingen te doen. Ik neem aan dat u, net als ik, ernaar uitkijkt om ze weer te zien met uw onderzeeërs, maar voorlopig zal dit niet gebeuren, omdat we een nieuwe dienst hebben toegewezen gekregen die meer uitgerust en dichter bij huis is, hoewel niet zonder risico's.

Er klonk gemompel van nieuwsgierigheid van zijn mannen en James glimlachte.

'Zeg het nu,' drong Deut aan, die aan zijn zijde stond met de andere officieren.

'Vanaf morgen patrouilleren we langs de Atlantische kust, van New York tot Halifax,' zei James.

De meeste bemanningsleden verwelkomden het nieuws met vreugde.

Sinds enkele maanden hadden ze gigantische konvooien geholpen om het gevaar van de onderzeeërs te vermijden, met ernstig risico voor hen, en een seizoen van rustig patrouilleren, altijd dicht bij de kust, leek hen niet slecht.

En zo begon een nieuw leven voor de "Candell" en zijn mannen.

Drie maanden lang patrouilleerden ze onvermoeibaar langs de kust, totdat al haar havens, inhammen en bochten geen geheim voor hen verborgen hielden.

Boston, Providence, Portland, Nieuport en Portsmouth werden in die negentig dagen regelmatig bezocht door de "Candell", zonder noemenswaardig avontuur.

De mannen verveelden zich aan boord en James verlangde zelf naar de vorige activiteit, die contrasteerde met dat rustige meisje. Het was wat Cawston, de bootsman, zei.

"Ze zeggen dat Duitse onderzeeërs hier durven te komen. Ik ga ze niet tegenspreken, maar het lijkt erop dat onze aanwezigheid voldoende is geweest om ze weg te jagen.

Het zou niet lang duren voordat hij zou weten dat hij niet gelijk had.

Wat er gebeurde was dat de duikboten er de voorkeur aan gaven hun slachtoffers offshore en dichter bij hun bases te brengen.

Maar toen ze de enorme bescherming realiseerden die de schepen van de formaties genoten, was er geen gebrek aan moedige kapiteins die de kusten van Amerika als doel namen.

De "Candell" had een patrouillemissie naar Cape Sable, Nova Scotia, waar hij indrukken uitwisselde met de kapitein van het Canadese korvet dat patrouilleerde langs de Canadese kust.

Bij een van deze gelegenheden, Henry Lawson, die de kapitein van het korvet werd genoemd, waarbij hij hem liet weten dat er een paar Duitse onderzeeërs waren gezien aan de monding van de St. Lawrence-rivier.

"Het is niet moeilijk om te weten waar ze naar op zoek zijn", zei hij. Lake Ontario is een enorme scheepswerf geworden waar tienduizend ton "Liberty"-schepen worden gebouwd, die vervolgens via de rivier de zee bereiken. Het lijdt geen twijfel dat ze een goede prooi zijn.

"Ik denk dat je gelijk hebt," steunde James. Hoe dan ook, dat is ver ten noorden van onze limiet, maar als je ooit in de problemen komt, aarzel dan niet om ons te bellen.

Lawson bedankte hem voor het aanbod. Hij was ongeveer zo oud als James.

Zijn zwarte haar, doordringende ogen en rechte neus spraken van een Latijnse afkomst, waarschijnlijk Frans.

Toen hij de Candell verliet, schudde Deut zijn hoofd en zei:

'Ik vind die jongen leuk. Het is sereen en kalm en een van degenen die iets te doen hebben als ze geprikt worden.

Lawson salueerde vanaf de boot met zijn korvet, de 'Canadees', stopte op een kwartknoop afstand en de twee matrozen salueerden terug.

De Canadees snelde van hen weg in noordelijke richting. Deut op zijn beurt vroeg Jacobus:

"Laten we gaan?

"Er is geen haast", antwoordde hij. We gaan de Bay of Fundy verkennen.

De diepe baai opende zich, al in Canadese landen, tussen het vasteland en het schiereiland Nova Scotia. De "Candell" kwam haar binnen, onderzocht haar grondig gedurende twee dagen en vond niets abnormaals.

Toen ze het verlieten, toonde James de wens om zijn normale reis naar het noorden een beetje uit te breiden.

Dus klommen ze over het Nova Scotia-dingetje en passeerden Halifax en zetten hun mars naar het noorden voort. Kort daarna, in Sherbrooke, gaf James het bevel om te keren.

Ze waren amper een halve knoop opgeschoten of Deuts arendsogen waren gericht op een hoogvliegend vliegtuig.

De bemanningsleden van het vliegtuig moeten hen ook hebben gezien, want ze daalden met hoge snelheid en begonnen rond de "Candell" te cirkelen.

'Hij is Canadees,' zei James. "Wat wil hij van ons?

"Misschien waarschuwt het ons dat we in zijn wateren zijn", antwoordde Deut.

"Ik denk niet dat het dat is.

Het duurde niet lang voordat hij inzag dat hij gelijk had toen de telegraaf hem een bericht overhandigde dat hij net uit het vliegtuig had ontvangen. Jakobus las het en gaf het toen aan Deut, met de vraag:

"Wat dacht je van?

"Twee onderzeeërs vallen een Canadees korvet aan bij Louisbourg", las Deut voor de tweede keer. Waarom doen jullie niet mee?

'Zou het Lawson kunnen zijn?' vroeg Jacobus.

'Zo'n hoffelijke uitnodiging kunnen we niet weigeren,' antwoordde James. Aan de andere kant is het de eerste kans om plezier te hebben die ons in drie maanden wordt aangeboden. Laten we daar heengaan.

De Candell raasde vol gas naar het noorden.

Amper een kwartier later kwam de telegraaf in contact met het korvet.

"Het is de 'Canadees'," vertelde hij James, die zijn manipulaties met de grootste belangstelling volgde.

Laat hem weten dat we hem komen helpen.

De telegraaf vroeg om meer details en ze hoorden dat het korvet een onderzeeër had ontdekt die ineengedoken in de smalle zeearm tussen Newfoundland en het eiland Cape Breton lag.

"De bemanning van het apparaat sprak van twee onderzeeërs", herinnerde Deut.

"Nou. We zullen het snel ontdekken.

De ijzige bries van Newfoundland sneed in hun gezichten. De zee was kalm, maar de nevelslierten werden dikker naarmate ze het toneel van het gevecht naderden.

Een paar minuten later bereikte de knal van de kanonnen zijn oren. Tegen die tijd lanceerde het korvet dringende noodberichten, wat aantoonde dat het in zwaar weer verkeerde.

"Sneller!" brulde James.

De machines van de Candell werkten op volle toeren.

Het schip bewoog snel, zoals in zijn beste dagen, maar alle snelheid was te laag voor James' ongeduld.

Plotseling werden de "Canadese" berichten korte drieletterige signalen, uitgezonden met regelmatige tussenpozen.

"SOS... SOS...

'Cawston,' brulde James door de interne telefoon, 'kun je niet meer snelheid uit deze verdomde boot halen?

'Het spijt me, meneer,' antwoordde de bootsman ongemakkelijk. We gaan van het ene op het andere moment barsten.

"Zelfs als dat het geval is, verhoog dan de druk.

De "Candell" vloog. De dreunen van de kanonschoten klonken steeds meer anders en staken het duidelijkst af tegen het geluid van de lucht die over het dek veegde.

'Het korvet vuurt niet meer,' zei James. Ze maken haar af met kanonschoten.

Deut knikte. Het moet meer dan één onderzeeër zijn geweest die op het Canadese schip heeft geschoten om het te kunnen verslaan. Plotseling scheurde de stem van de wachter door de lucht

'Ik zie ze, kapitein,' riep hij uit. Zijn twee...

De kanonniers stonden op hun post, klaar om de kanonnen te gebruiken, en de dieptebommenwerpers wachtten alleen op het bevel om in actie te komen.

Kort daarna was de show voor iedereen zichtbaar.

De "Canadees" zonk langzaam weg in het koude water van de oceaan.

Het vliegtuig vloog eroverheen en de onderzeeërs, maar ze hielden het op afstand met hun luchtafweer machinegeweren, terwijl ze tegelijkertijd probeerden het zinken van het korvet met hun dekkanonnen te versnellen.

"Vuur, Deut!" schreeuwde James. Probeer goed te mikken.

Het "Candell" spervuur was het eerste nieuws voor de enthousiaste U-bootbemanningen van zijn aanwezigheid achter hun rug.

De projectielen wierpen waterstralen op naast een van hen. Door de verrekijker kon James zijn bemanningsleden van het dek zien rennen om te duiken.

Het was nodig om te haasten om het niet toe te staan.

Terwijl de kustwacht oprukte, loeiden de kanonnen weer en James slaakte een kreet van vreugde toen hij zag dat een van de onderzeeërs was geraakt.

'Het korvet zinkt,' mompelde hij, 'maar we zullen haar tenminste wreken.

De bemanning van het Canadese schip snelde zich in veiligheid in de boten.

Ondertussen dook de tweede onderzeeër langzaam onder en James gaf het bevel om ernaartoe te gaan, zonder te stoppen met vuren op de andere.

Het duurde niet lang om te zinken. Hij deed het voor het korvet, waarvan een deel van de structuur nog steeds boven het water leek en de snelheid niet al zijn mannen de tijd gaf om uit de romp te komen, waardoor ze naar de bodem van de oceaan werden gesleept.

Tientallen boten dreven nu op het water. Iedereen, vriend en vijand, zonder onderscheid, roeide woedend naar de kustwacht, maar deze ging op in zijn gevecht met de tweede onderzeeër om ze te kunnen afhandelen.

De dieptebommen begonnen te vallen op het punt waar hij even daarvoor was geweest, die. Een dozijn van hen explodeerden op korte afstand van elkaar, voordat James beval terug te gaan om een nieuwe zaailing te maken.

Ondertussen waren de inzittenden van een paar boten van de "Canadian", nu permanent gezonken, erin geslaagd de "Candell" te naderen en klommen langs de zijkanten van de kustwacht, geholpen door de bemanning.

James speurde het oppervlak van de zee af. De wind nam met de seconde in intensiteit toe en hij was niet in staat om de verwachte olievlek erop te onderscheiden. Deut liet nog steeds de aanklacht vallen, maar het was duidelijk dat hij perplex en gedesoriënteerd was. Eindelijk kwam hij op de brug.

'Die klootzak is aan ons ontsnapt,' mopperde hij.

Er kwamen steeds nieuwe schipbreukelingen aan bij de Candell. James zag vanaf de brug dat Henry Lawson een van hen was en was blij in zijn hart.

Ze waren de inzittenden aan het oppikken van de enige boot die erin was geslaagd los te komen van de gezonken onderzeeër, toen de uitkijk riep:

"Periscoop naar bakboord!

James keek ernaar.

Het was moeilijk te geloven, ondanks dat het waar was. De onderzeeër had behendig onder zijn neus gemanoeuvreerd, bijna achter hem geplaatst, in een prachtige positie om zijn torpedo's te lanceren.

Een wit pad verlengde zich in het water in de richting van de 'Candell'.

Het was ongehoord. Van elke honderd onderzeeërs zouden er negenennegentig zijn weggesneld, profiterend van de verwarring die op beide scheepswrakken volgde, maar die gek stond erop te vechten.

Goed. Hij zou niet degene zijn die het zou stoppen. Deut had ook de dreigende schuimlijn opgemerkt en manoeuvreerde behendig om de aanrijding te vermijden.

"Pas op voor de tweede torpedo!" schreeuwde James.

Zijn waarschuwing was zinloos. De "Candell" bewoog zich behendig, maar kon de impact niet vermijden en een verschrikkelijke explosie schudde hem, toen hij op het punt stond zichzelf tegen de onderzeeër te lanceren.

James werd op de grond gegooid, maar hij krabbelde overeind en ging aan dek neer.

De torpedo had een stuk van de achtersteven van de Candell afgescheurd, waardoor het water stroomde.

Deut hield zich bezig met het inkrimpen ervan, terwijl andere mannen de gewonden van die plaats weghaalden. James keerde terug naar de brug, knarsetandend van woede.

Lawson was erbij en merkte op:

"Het wordt lelijk.

'Nu zul je zien wat goed is,' mompelde James.

De "Candell" gehoorzaamde zijn bevelen en lanceerde zichzelf naar de plaats waar de onderzeeër was.

Hij vuurde niet opnieuw, misschien denkend dat de bres genoeg zou zijn om de kustwacht te laten zinken.

Het apparaat van zijn kant vloog heel dicht bij het water en vuurde er van tijd tot tijd zijn machinegeweren op af, om de locatie van de onderzeeër aan te geven.

"Veel!" schreeuwde James.

De angstaanjagende sferen begonnen weer te vallen. Hun explosies waren zo intens dat de "Candell" krampachtig schokte zonder te stoppen.

Het was onmogelijk voor de duikboot om zoveel explosies te weerstaan en toen de lucht eindelijk een orkaan werd en dreigende golven opstookte, verscheen de olievlek die de vernietiging ervan aankondigde aan de oppervlakte.

Toen kon James de situatie overnemen.

De Candell had enorme schade aan de achtersteven opgelopen. In feite was alles bij de wortels weggerukt, maar gelukkig was Deut erin geslaagd een muur met zakken cement tot boven de waterlijn op te heffen, gebruikmakend van de gedraaide ijzers.

'Slecht,' mompelde James. Het schip is overbelast.

Naast zijn normale bemanning droeg hij de honderd bemanningsleden van het korvet bij zich, evenals een bemanning van Duitse gevangenen van de onderzeeër, die goed bewaakt aan dek bleven.

Hé, Lawson. Jij kent deze wateren beter dan ik', zei hij. Wat is de dichtstbijzijnde kust?

'Newfoundland,' antwoordde de Canadees. Port Aux Basques is niet ver. Als we daar kunnen komen...

"Als deze verdomde wind er niet was...

De "Candell" was een zeer zeewaardig schip, maar onder deze omstandigheden, dodelijk gewond en overladen met mannen, was het erg moeilijk voor haar om in veiligheid te komen.

James Hunter en Henry Lawson waren twee goede zeilers om zichzelf voor de gek te houden. Met een enkele blik begrepen ze elkaar, maar met een andere besloten ze tot het einde door te vechten.

Het was nog twee uur voor de avond viel, maar de mist hing boven de kustwacht, waardoor zijn pijn nog groter werd.

De golven stapelden zich woedend op en ramden zijn flanken, en de dappere "Candell" stuiterde op zijn schuimige ruggen als een rubberen bal in de handen van ondeugende jongens.

Aan dek klampten de mannen zich overal aan vast om niet naar zee te worden gesleept. Beneden zwoegden Deut en zijn mannen, in een poging een klein deel van het water dat erin was gekomen uit het schip te verwijderen.

Gelukkig reageerden de machines krachtig en de "Candell" bleef naar het noorden reizen, in de hoop de kleine haven van Aux Basques te bereiken.

In de cockpit op de brug keken James en Henry hoe de grijze massa's bewegende golven over het schip sloegen, smeltend tot kant van schuim.

James beval hen Deut te zoeken en toen hij hem aan de andere kant van de interne telefoon had, vroeg hij hem hoe het beneden ging.

"Kwaad" antwoordde Deut zonder verzachting. "De golven hebben de muur van cementzakken drie keer vernietigd. Ik denk dat alles verloren is.

Hunter beet op zijn onderlip en weigerde op te geven.

'Heb je enig idee waar we zijn?' vroeg Deut.

'Ongeveer zes mijl uit de kust van Newfoundland,' antwoordde James.

'Tuurlijk? Ik dacht dat de zee ons naar binnen trok.

'Niet. De machines reageren goed. Misschien kunnen we daar komen.

Henry schudde zijn hoofd, gehoorzaam aan de impuls dat de "Candell" niet meer zou uitvaren.

Een half uur later was James er ook van overtuigd dat alle pogingen om te voorkomen dat dit de laatste reis van de kustwacht zou worden, nutteloos waren.

De kloof maakte niet alleen plaats voor de onstuitbare woede van de oceaan, maar de golven, die tegen de randen vochten, vergrootten het steeds meer en scheurden de zakken cement die door Deut waren gerangschikt, evenals de houten planken en stalen balken. van de structuur.

'Niets aan te doen,' zei Deut. "Beetje bij beetje komen we zonder boot te zitten.

Het water stond tot aan de knieën van de mannen en de "Candell" leek te ademen als een muilezel op een heuvel met vier mannen erop.

'Hij kan zelfs niet meer met zijn ziel,' merkte Cawston op.

Dat bracht James ertoe de telegraaf opdracht te geven om hulp te gaan bellen.

'We zullen niets voorschieten,' zei Henry. Alle schepen liggen beschut in havens. Als er buiten hen zijn, zal hij genoeg te maken hebben met voor zichzelf zorgen.

'We blijven op het schip zolang ik het kan uithouden,' besloot James. Het is gevaarlijk om boten te laten zakken in deze wind.

Henry was het met hem eens, maar ze dachten allebei met angst na op het moment dat ze gedwongen werden de boten te bezetten, ondanks alle gevaren.

De wind had het begeven, maar de mist werd dikker.

'Ik hoop nog steeds...' begon James te zeggen, maar op dat moment gingen de lichten uit, waardoor hij werd uitgeschakeld.

'Wat is er aan de hand, Cawston?' vroeg hij door de buis.

"Het water verdrinkt de machines," antwoordde de bootsman. "Hé, kapitein. Het heeft geen zin om verder te gaan. De mannen beginnen bang te worden.

"Het is oké. Laat ze aan dek komen", beval de jongeman. Hij wendde zich tot Henry en voegde eraan toe: "Het is beter om het schip te verlaten voordat het zinkt." Ik wil geen nutteloze neerslag.

De machinisten en reparatieploegen verzamelden zich al snel aan dek. De "Candell" was al een speelbal van de golven, maar de kracht van de wind nam ogenschijnlijk af en de oceaan kalmeerde alsof hij al zeker was van zijn prooi.

De hulpolielantaarns waren aangestoken en in hun vervagende licht wierp James een blik over de groep mannen met donkere gezichten.

"Het is verschrikkelijk", zei hij. De boten worden overbelast.

'Als de storm gaat liggen, kunnen we de kust bereiken', zei Deut.

James wachtte nog een paar minuten. De orkaanwind die de "Candell" had gedood, veranderde in een ijzige bries, maar de kustwacht begon aan de rechterkant te gaan liggen. Het was onmogelijk om de wedstrijd nog langer uit te stellen.

De mannen stelden zich op voor de boten, die naar de zee afdaalden, en elk van hen was bezet door twee keer zoveel als hun veiligheid toestond, en zonk gevaarlijk in het water.

'Wat zullen we met de gevangenen doen?' vroeg Deut.

James klemde zijn kaken op elkaar.

"Het zijn mannen zoals wij en ze hebben hun leven aan ons toevertrouwd", zei hij. Ze moeten gered worden. Verdeel ze, Deut. In elke pot één.

De Amerikaanse en Canadese zeilers waren niet bepaald blij met de nieuwe bestelling. Ze waren allemaal al op een onwaarschijnlijke manier aan het spannen en het minste gewicht verminderde de mogelijkheden om de grond te bereiken.

Eindelijk werden ze losgemaakt van de zijkant, totdat er nog maar één naast hem overbleef.

'Omlaag, Cawston. En jij ook, Deut,' beval James. Henry, ik was erg blij je te ontmoeten, 'zei hij, terwijl hij zijn hand naar de Canadees uitstak.

"Kom je niet?" Vroeg de bootsman.

'Nee,' antwoordde James integer. "Ik blijf aan boord tot...

"Dat is gek. Ik zal het niet toestaan", riep Deut uit.

James' ogen fonkelden.

'Omlaag, zei ik. Met jullie drie, vervoert die boot nog tien man. Mijn gewicht zou genoeg zijn om het te laten zinken.

'Ik blijf bij je,' besloot Henry.

"En ik", zei Deut.

'Ik ook,' voegde Cawston eraan toe.

'Je kunt me niet ongehoorzaam zijn,' zei hij. Beneden, zei ik.

Cawston aarzelde. De "Candell" boog even door. Er kwamen dringende stemmen van beneden.

James reikte onder zijn regenjas en trok een pistool uit de plooien.

'Ik zei, kom naar beneden,' zei hij, dreigend voor de ogen van de bootsman zwaaiend.

Cawston aarzelde. Hij wierp een berisping uit en ging schrijlings op het dek zitten.

'Jij, Deut. En jij.

'Ik ga niet weg, zelfs niet als ik er dood aan ga,' antwoordde Henry Lawson. Ik ben net zo'n kapitein als jij.

'Maar niet vanaf dit schip,' brulde James. Ga weg en maak je geen zorgen om mij. Ik heb een opblaasbare boot en daarmee zal ik proberen ...

'Het spijt me, maar ik blijf.' Henry's stem was vast als een rots.

De twee mannen keken elkaar een seconde vijandig aan. Beneden klonken opnieuw angstige oproepen om zich te haasten. James liet het pistool zakken, waarop Deut.

'Schiet als je wilt,' antwoordde hij, 'maar ik ga niet weg. Wat er ook van jou wordt, zal van mij zijn.

Hunter legde het pistool weg.

'Nou, je weet dat ik het niet kan,' zei hij. Hé, die in de boot! Ga weg van hier.

Uit de donkere put beneden klonk Cawstons verontruste stem:

"En jij?

'Ga weg,' zei ik. Over een paar minuten is het laat.

De ritmische slagen van de riemen waren te horen. Toen klonk de stem van de bootsman uit de duisternis rond de Candell en wenste:

"Veel succes, kapitein!

'Cawston...' mompelde James met trillende stem.

Tien maanden lang hadden ze samen gevaren en goede tijden beleefd, waardoor een diepe vriendschap tussen hen was ontstaan, om dit te bereiken ...

De Candell leunde verder de oceaan in, moe van het vechten. De wind was nog steeds sterk, maar de zee was rustiger en de boten zouden vrijwel zeker het vasteland kunnen bereiken.

'Kom op,' drong Deut aan, 'het schip zal spoedig zinken.

"Ga de opblaasbare boot halen," antwoordde James. Laten we ze alle drie passen.

Deut rende al aan dek, die ongeveer dertig graden helt. James zag hem aankomen bij de kazemat waar de boot lag en met hem naar buiten gaan en een grote pomp om hem met lucht te vullen.

Binnen een paar minuten voerden ze de operatie uit. Toen ze op het punt stonden het reddingsapparaat in het water te lanceren, schudde de "Candell" alsof een gigantische vis hem naar beneden had getrokken.

"Schiet op, Deut!" riep Jacobus uit.

Het schip eindigde vrij snel te leunen, terwijl het ook boog.

Eindelijk raakte het water hun voeten. Ze zetten de boot neer en Henry Lawson klom erin.

Toen deden James en Deut dat, elk aan één kant, en beiden zwaaiden krachtig met de peddels om weg te komen van het gewonde schip.

De boot was groot genoeg om ze alle drie te bevatten, maar zonder enige speling. De brede randen, gevuld met lucht, waren bijna op het niveau van het water en ondersteunden de aanval van de golven. De twee matrozen roeiden snel met hun ogen gericht op de "Candell" ...

De dappere kustwacht krijste weer, alsof hij voor het laatst afscheid nam, en zonk snel.

De wateren van de zee gingen uiteen om hem te ontvangen en de olielampen gingen uit, alles in absolute duisternis achterlatend.

Het angstaanjagende geluid van de zuigkracht bereikte echter zijn oren en de luchtboot wankelde gevaarlijk op de rand van de draaikolk, James en Deut dwongen al hun kracht in hun handen te leggen.

Op dat moment, alsof het alleen maar had gewaaid om de kustwacht tot zinken te brengen, hield de wind op te kreunen als bij toverslag en bevonden de drie mannen zich alleen in de immense zwartheid van de Atlantische Oceaan.

Deut zuchtte.

'Nou,' zei hij. Waar gaan we heen?

Er was geen enkele ster om je op te oriënteren.

Henry was van mening dat het het beste was om stil te blijven zitten waar ze waren, wachtend op het ochtendlicht om hen naar de kust te laten gaan, maar James schudde nadrukkelijk zijn hoofd.

"Dat zou praktisch onmogelijk zijn", beweerde hij. " Aan de andere kant ben ik er zeker van dat ik niet in de verkeerde richting zit. Peddel zelf. Ik zal leiden.

Deut en Lawson gehoorzaamden hem. Vooral de eerste had hij al meer dan eens voorbeelden gehad van de bewonderenswaardige vaardigheid van de jonge zeeman om zich in het donker te oriënteren.

Aangedreven door de riemen, bewoog de opblaasbare boot zich met een tergende traagheid. James leek te weten wat hij wilde, maar Henry Lawson vroeg zich ongemakkelijk af of hij ongelijk had.

"We hebben een zware hulde gebracht aan onze overwinning," zei Deut, terwijl hij de riem nog steeds bewoog.

"Als de storm er niet was geweest, zou de arme 'Candell' zijn gered," antwoordde James.

Drie uur lang roeiden ze zonder rust, zij het zonder veel moeite te doen. James loste ze even af en liet ze rusten voor anderen, waarbij ze een paar sigaretten dronken. Aan het einde van een ervan sprak Henry Lawson zijn mening uit:

"Het lijkt mij dat we cirkelen, als een hond die in zijn staart wil bijten In deze duisternis ... We hadden al aan land moeten komen.

James nam niet de moeite om hem tegen te spreken. Hij was gestopt met roken en was stijf, zijn hoofd naar rechts gekanteld.

'Luister, zeeleeuw,' antwoordde hij ten slotte. Ken je dat geluid?

"Het is de kater..." zei Deut. "Het water klotst tegen de rotsen.

'Precies,' antwoordde James, en er klonk een triomfantelijke toon in zijn stem. Wat zeg je nu?

"Ik geef toe dat ik het mis had," erkende Henry.

'Waar denk je dat we zijn?

"In de buurt van de San Pedro-eilanden", zei de Canadees. Of de valkuilen ervoor. Als dat zo is, zullen we voorzichtig moeten zijn.

'Nou. Ik denk dat we moeten doorgaan.

Weer werden de riemen vastgepakt en de boot werd voortgestuwd naar de plaats vanwaar het geluid van de tegen de rotsen beukende golven kwam, die beetje bij beetje duidelijker en nauwkeuriger werd.

'We komen dichterbij,' waarschuwde James.

Hij probeerde met zijn ogen de duisternis te doorboren, maar kon niets anders zien dan het fosforescerende schuim dat uiteenviel in fijne glinsterende druppeltjes.

Hij wenste dat de maan door de wolkenbarrière kon breken die haar verborg, maar zijn verlangen was niet genoeg om het te bereiken.

'Wat weet jij van die valkuilen, Henry?' Hij vroeg.

"Ze zijn gevaarlijk," antwoordde de Canadees. Voor mij zou ik ze ontwijken. Een mijl verder naar het noorden, net achter hen, ligt het eiland San Pedro. We zouden er heen kunnen gaan.

"We zullen het doen. Het geluid zal als richtlijn dienen.

Ze dreven iets naar het oosten. Kort daarna was het geluid links van hem en begon het door het getij veroorzaakte fosforescerende licht in de verte te vervagen.

Op dat moment waren James en Henry aan het roeien, Deut keek ergens in de verte. Toen wendde hij zich tot hen en vroeg:

"Je bent moe?

"Een beetje," antwoordde Henry, "maar ik kan het nog een half uur volhouden.

'Dus waarom ga je in godsnaam niet roeien?

'Ruien we niet?' vroeg James verbaasd. wat bedoelt u?

"Dat we niet weggaan van waar we zijn", riep Deut uit.

James bewees dat hij gelijk had. Of beter gezegd, zijn partner had gelijk, want ze gingen niet alleen geen centimeter vooruit, maar leken achteruit te gaan.

"Hoe raar!" mompelde James.

"Vreemd? Niets van dat. We zijn in een beek gevallen", antwoordde Henry. Nu zal het ons weer naar het zuiden slepen en we zullen veel geluk hebben als we erin slagen om de valkuilen te vermijden.

Jacobus en Deut zwegen.

Hendrik had gelijk. Of ze slaagden erin om hun stuwkracht te overwinnen of ze zouden al snel voor de grillige randen van de San Pedro-riffen komen te staan.

"Kom op jongens!" Aangemoedigd Deut. Peddel hard.

James en Lawson trokken hun regenjassen uit, die ze op de bodem van de boot lieten liggen, en roeiden zo hard als ze konden, maar het had geen zin.

Het was alsof ik een reus wilde bevechten die duizenden keren sterker was zonder wapens.

Deut loste Hendrik af, maar zijn poging bracht geen verandering in de situatie. Langzaam maar onverbiddelijk voerde de stroming hen naar de rotsen.

James stopte met bewegen.

"Stuur niet meer", zei hij tegen Deut. " Het is nutteloos en je zult alleen maar uitgeput raken. Laat het zijn wat God wil.

De ogen van de drie schipbreukelingen rustten op de rotsen, alsof ze in het bezit waren van een krachtige magneet, die hen tot de dood aantrok.

Beetje bij beetje werd de fosforescentie van het water, verdeeld in ontelbare druppels, zichtbaarder en plotseling werden ze voortgestuwd.

Het geluid van het water dat tegen de rotsen sloeg, werd luider. De boot passeerde snel een hoge rots en stortte zich in een vloedgolf van bewegingloze vormen die laag boven het oppervlak rees.

James probeerde hem te peddelen, en dat lukte lange tijd, terwijl Henry hard slikte en Deut steeds meer vloeken mompelde.

Bij elke nieuwe duw hing de boot in de lucht, vooruitbewegend, tussen de rotsen. Zodra de ene golf zich terugtrok, werd deze vervangen door een andere, wat hem verlichtte in zijn missie om met de levens van de drie mannen te spelen.

Plotseling viel zijn blik op een enorme rots die in razend tempo op hem af leek te komen.

"Kijk uit!" schreeuwde James.

Hij duwde de riem naar voren om de klap op te vangen, maar deze splinterde en de matroos werd door de kracht van de impact uit de boot geslingerd.

Tegelijkertijd groeven tientallen steenachtige richels in de boot, waardoor het rubber en de zijden wikkel scheurden, en de boot liep in seconden leeg door een paar grote gaten.

James zwom krachtig naar de rots, verlangend om hem in te halen voordat er weer een golf van de zee kwam.

De kleren waren een belemmering, maar hij stopte niet om ze af te werpen en bereikte de achterkant van de steen, waar het relatief rustig was.

De enorme rots was aan die kant minder steil. Kracht putten uit zwakte. James klom erop.

Toen hij de top bereikte, piepte hij vermoeid, maar was blij dat hij zijn leven had gered en vroeg zich af wat er van zijn metgezellen was geworden.

Zittend op de rots keek hij toe hoe de stormachtige wateren hun woede tegen de basis sloegen, alsof ze die wilden vernietigen.

"Deut!" Hij belde. Deut... Hendrik!

Niemand beantwoordde zijn oproep.

James beet op zijn tanden terwijl hij de nacht tegemoet ging, koud, donker en stil. Zou het kunnen dat hij de enige overlevende was van de drie inzittenden van de boot?

Welk lot zouden de bemanningen van de "Candell" en de "Canadian" zijn geweest? En de Duitse gevangenen?

Alles wat er gebeurde, leek hem onwerkelijk. Het was onmogelijk dat zo'n nachtmerrie waar was. Hij zou vast snel wakker worden.

De kou die hem tot in zijn botten doordrong deed hem ruw zien dat hij niet droomde, maar dat hij in het vlees was, alleen en gevoelloos op een rots die door de zee werd geslagen.

Weer riep hij:

„Deut! Hendrik!

Hij meende een kreun van korte afstand te horen bereiken. James vroeg zich af of het waar was of dat het gewoon een ander facet was van het water dat tegen de rotsen kolkte, en herhaalde de roep.

Het gekreun bereikte zijn oren weer, duidelijker en duidelijker dan voorheen.

Wie zou het zijn? Deut of de Canadees? Wie het ook was, het leek onmiddellijk hulp nodig te hebben. Misschien was hij gewond geraakt toen zijn lichaam tegen een rots was gegooid, die hij wanhopig had weten vast te pakken.

En hij moest daar inactief zijn, luisterend naar dat gekreun, dat was als vele andere verzoeken om hulp, zonder de ongelukkige die ze gooide te hulp te kunnen komen.

De gedachte aan James kruiste het idee, het gekke idee om in het water te springen en naar de gewonde man te zwemmen, maar hij verwierp het onmiddellijk als onpraktisch.

Het gekreun bracht hem echter weer tot leven en, gedreven door angst, gleed James van de rots.

Toen hij in contact kwam met het koude water van de zee, trok hij zijn laarzen uit, liet ze in een spleet in het rif achter, stapte resoluut in het water en zwom krachtig naar rechts.

Een golf gooide hem uit de weg, maar hij slaagde erin een rots te grijpen die nauwelijks boven het zeewater uitstak.

Het gekreun werd niet meer gehoord. James maakte een hoorn met zijn linkerhand en riep naar zijn metgezellen, als reactie daarop een zacht stemmetje dat even later klonk.

Gebruikmakend van de terugtrekking van een golf, zwom hij weer naar een tweede trede, waar hij opnieuw riep.

Het gekreun weergalmde weer in zijn oren, duidelijker dan voorheen.

James richtte zijn ogen koppig op een groep kleine rotsen die voor hem lagen, amper dertig meter verderop, en gehurkt in zijn schuilplaats, keek hij naar de eb van de zee voordat hij er snel naartoe zwom.

Toen hij een van de stenen aanraakte, meende hij iets tussen de andere te zien bewegen.

Met grotere voorzorgsmaatregelen, om sneden te vermijden met de randen van de rotsen die hem aan alle kanten omringden, ging hij naar dat punt.

'Ben jij het, Deut?' Hij vroeg.

"Nee," antwoordde een zwakke stem. "Ik ben... Hendrik.

De Canadees lag met zijn gezicht naar beneden op een klein plateau, iets groter dan zijn lichaam, bestaande uit tientallen kleine rotsen waartegen de golven schuimden.

Elke die kwam, doorweekte haar uitgestrekte lichaam meer en meer, maar ze had niet de kracht om zich daarvan los te rukken.

James klom op het plateau en ging erop zitten, naast de matroos.

"Ben je gewond?" Hij vroeg.

"Ja", antwoordde Hendrik. In mijn hoofd moet ik... veel bloed hebben verloren.

'Ik kan het nu niet zien. Bloedt het nog steeds?

"Ik denk het niet.

James probeerde het hem wat comfortabeler te maken, hij leunde met zijn hoofd tussen zijn benen om je met zijn rug tegen het water te beschermen.

Het was alles wat ze voor hem kon doen en hij wenste dat de dageraad snel zou komen.

Hij werd materieel veranderd in een ijsberg. Zijn tanden stootten tegen elkaar, voortgedreven door het rillen van de kou, en hij voelde een kwellend gevoel dat hij de marteling van het onophoudelijke water tegen zijn rug niet kon verdragen.

Naast haar ademde Henry vermoeid uit, maar had nog steeds de kracht om het hem te vragen.

"En Deut?

'Ik weet niet wat er met hem is gebeurd,' antwoordde James. Het is waarschijnlijk gestorven, weggespoeld.

'Ik... het spijt me.

'Niet praten, Henry. Je bent erg zwak.

De Canadees pakte een van zijn handen en kneep er zo licht in dat James gealarmeerd werd.

En zo gingen er nog twee uur voorbij, traag, stil en koud.

James probeerde zijn vechtpartner op te vrolijken, maar zelfs zonder hem te zien, voelde hij Henry Lawson met de minuut zwakker worden en hij vroeg zich af of hij deze beproeving zou kunnen verdragen.

Eindelijk hing er een lichte grijsachtige tint over de oceaan, toen het water niet meer tegen de rotsen sloeg. James slaakte een angstige zucht en staarde naar de bron van het licht, dat wit werd met tergende traagheid.

Henry opende zijn ogen en probeerde te glimlachen, maar zijn gezicht, bleek en indrukwekkend scherp, trok alleen een grimas die naar James wees op zijn ware toestand.

Zodra hij kon zien, wat niet veel was, vanwege de mist die als een gordijn uit het koude, brakke water opsteeg, kon hij geen spoor van Deut onderscheiden.

Alleen de rotsen, zwartachtig, indrukwekkend en triest, stonden tussen hen en de open zee.

'Hoe voel je je, Hendrik?' Hij vroeg.

"Nou... nou," antwoordde de Canadees. Het doet geen pijn... niets.

James antwoordde niet. Hij wist maar al te goed dat deze rust een simpele pauze was tussen pijn en dood.

Hij had veel mannen zien sterven, wier lijden een uur of twee ophield voordat hun leven was uitgedoofd, alsof de dood, die al zeker van zijn prooi was, hun die laatste genade schonk om hen pijnloos weg te nemen.

Henry Lawson had een enorme hoofdwond, waardoor hij al heel lang bloed moest verliezen.

Waarschijnlijk was hij verdoofd geworden nadat hij zich tussen dat handvol stenen had weten te hijsen en het zeewater, dat tegen de wond sloeg, had voorkomen dat het bloed stolde.

De waarheid was dat als er geen hulp werd ontvangen, een fatale afloop het enige was dat kon worden verwacht.

De mist die hen omhulde begon op te trekken en maakte plaats voor meer helderheid, maar de zee was zelfs op grote afstand onzichtbaar. Een uur later kromp Henry ineen.

"Heb je het koud?" vroeg Jacobus.

De Canadees antwoordde niet. Misschien had ze hem niet gehoord. Het was hoe dan ook hetzelfde, want zelfs als hij wist dat hij het koud had, kon hij hem niet meer inpakken dan hij al had gedaan.

Eigenlijk, behalve zijn hemd en broek, pasten James' andere kleren om zijn lichaam, hoewel het moeilijk te zeggen was of ze enige warmte gaven of het weinige dat hij kon bewaren, stalen vanwege hoe nat ze waren.

En het water sloeg steeds tegen zijn rug, die ondanks de zachtheid van het geseling pijn begon te doen.

Wanhopig keek hij alle kanten op en zag alleen de zee en de mist, en hij vroeg zich af hoe lang hij in zo'n situatie zou moeten zijn, terwijl hij het hoofd van zijn metgezel tussen zijn knieën hield.

'Hunter' riep Henry's zwakke stem.

James liet zijn hoofd naar het hare zakken. Het gezicht van de zeeman was ongelooflijk scherp geworden en een doorschijnende bleekheid bedekte zijn wangen, alsof het bloed uit dat lichaam was weggevloeid.

"Wat wil je?" Hij vroeg.

"In mijn ... krijger zul je wat papieren vinden ... en daaronder het adres van mijn zus ... Haar naam is Nell. Schrijf haar of ga haar opzoeken ... en vertel haar dat ik stierf ... denken aan... haar.

'Kom op, jongen, wie heeft het over doodgaan? James antwoordde zonder overtuiging. We zitten op een zeer populaire route en het duurt niet lang voordat een boot ons ophaalt.

"Maar... ik niet... ik weet dat dit voorbij is... ik ben gestopt... met zeilen...

Opnieuw probeerde James hem op te vrolijken, maar Henry viel na die poging terug in totale bewusteloosheid.

James legde voorzichtig zijn hoofd op een steen en stond op. De zon, treurig en witachtig, verlichtte het water al en de Yankee speurde de zee in alle richtingen af.

In het zuiden ving het grootste deel van een zeilschip een glimp op, in de richting van de Straat van San Lorenzo, maar het was te ver weg voor de bemanning om de signalen die het hen gaf waar te nemen, en het deed dat niet.

'Een schip, Henry,' zei hij terwijl hij omkeek naar zijn partner. Het komt deze kant op.

Hendrik antwoordde niet. Gealarmeerd boog James zich over hem heen. Zijn hart klopte niet meer en zijn ogen, nog steeds open en vol maritieme nostalgie, bleven op oneindig, alsof Henry het laatste visioen van zijn vaderland in hen had willen bewaren.

James barstte bijna in tranen uit. Nog een paar minuten en Henry was misschien gered. Hij zuchtte diep en sprak een kort gebed uit, als afscheid van die mede-zeeman die hij zo weinig had gekend en van wie hij toch zoveel hield.

Toen herinnerde hij zich zijn opdracht. Hoe had hij gezegd dat de naam van zijn zus was? Nell; dat was. Nell Lawson. Goed. Er zou tijd zijn om uw papieren op te halen.

Toen herinnerde hij zich het schip en stond weer op. Terwijl hij dat deed, merkte hij zijn eigen zwakheid op.

Hij had het koud en beefde van top tot teen. De zon was nog niet heet genoeg om die verdomde kou die hem deed rillen van zijn lichaam te schudden, en James voelde een gevoel van angst in zijn borst en vreselijke pijnen in zijn linkerkant.

Maar het schip naderde hem. Hij was waarschijnlijk de zee aan het verkennen voor hen, als Cawston en de anderen waren gered en de autoriteiten in beweging hadden gezet.

Kort daarna kon James enkele details van de structuur waarnemen. Het was een torpedobootjager en het zeilde langzaam, waarschijnlijk de omgeving verkennend.

Hij besloot naar de rots te zwemmen waar hij 's nachts zijn toevlucht zocht, profiterend van de kalmte van de zee, en eenmaal op de top zwaaide hij verwoed met zijn armen.

Een paar minuten bleef de torpedobootjager evenwijdig aan hem varen.

James slikte van angst, zich afvragend of hij langs zou gaan, maar kon het niet helpen, maar kreunde van vreugde toen hij kort daarna zag dat het van koers veranderde en zijn boog naar de rotsen boog.

Vijf minuten later kwam er een tewaterlating uit het schip en de inzittenden roeiden er snel naar toe, vakkundig langs de riffen.

James werd erin geholpen door een jonge marineofficier, die meteen een deken om zijn schouders gooide en hem een slok cognac aanbood.

Toen gingen ze terug naar de torpedojager, maar James zei:

'Er is een partner van je op die rotsen. Is dood.

Kort daarna werd ook het lijk van Henry Lawson gered. De officier stond respectvol voor hem en James merkte dat zijn lippen onmerkbaar trilden.

"Kende je hem?" Hij vroeg.

'Ja,' antwoordde hij schor. " We waren samen op de Marine Academie. Hij was een geweldige jongen.

Een aangename laksheid maakte zich meester van de spieren en zenuwen van de Amerikaan.

Eenmaal aan boord van de torpedojager werd hij naar de ziekenboeg gebracht en voer het schip naar Halifax. De scheepshospik herkende James tot in detail en zijn gezicht stond grimmig toen hij zich naar de kapitein wendde.

"Hij heeft een longontsteking" zei hij "; je zult er goed voor moeten zorgen.

"Ik laat het in uw handen, dokter," antwoordde de kapitein.

James' zwakke roep bracht hen naar het bed van de officier.

'Kapitein,' zei hij, Lawson gaf me voordat hij stierf de opdracht om me in contact te brengen met zijn zus. De borden zitten tussen zijn papieren. Geef je ze aan mij?

"Meer zat er niet in.

Hij ging naar zijn hut, waar hij de documentatie van de dode man had, en keerde kort daarna terug met een briefje in zijn hand.

'Hier zijn ze,' zei hij. Juffrouw Nellie Lawson, Kingston Street 234. In Montreal. Waar bewaar jij je portemonnee?

James vertelde het hem en de kapitein plaatste het briefje erop.

Vijf of zes dagen lang worstelde Hunter met de ziekte, en zijn robuuste gestel, geholpen door de wetenschap, overwon de crisis totdat hij geschikt was om naar Augusta te worden overgebracht.

Eenmaal daar kreeg hij bezoek van zijn familie en vrienden, en hun aanwezigheid deed de jongeman zo herleven dat hij vier dagen later de behandelend arts vroeg hem te ontslaan.

'Is hij zo slecht tussen ons?' Antwoordde de dokter met een glimlach. Sorry, Hunter, maar dat kan niet. Het moet nog wachten.

Diezelfde dag schreef hij een lange brief aan Nellie Lawson, waarin hij in detail de dood van zijn broer in zijn armen vertelde en het antwoord was onmiddellijk, hoewel niet op de manier die James verwachtte.

Het was drie dagen nadat de brief was geschreven en James hield zichzelf voor dat Nell zijn brief misschien niet zou beantwoorden.

Hij had weinig hoop dat hij dat zou doen, en hij dacht er niet veel over na. Hij had zijn belofte gehouden en het meisje was zeer bereid om op haar te reageren zoals haar goeddunkt.

De vriendengroep die hem was komen opzoeken, was net vertrokken.

James zat in een fauteuil bij het brede raam met uitzicht op de tuin van het ziekenhuis, toen de deur weer openging en Fleisch' sproeten gezicht weer voor hem verscheen, naar hem knipogend.

'Er is een dame die naar je vraagt, James,' zei hij. Tjonge, wat een dame om te herstellen! "Hij voegde er lachend aan toe.

James fronste verbaasd. Fleisch kende zijn zus goed, dus hij mocht niet naar haar verwijzen.

Wie zou het kunnen zijn? Hij vroeg zich af.

Al snel zou ik erachter komen. Fleisch verdween uit het zicht om vervangen te worden door de verpleegster; een mooie blondine, die James' vrijen niet slecht leek te nemen.

'Een dame wil u spreken, kapitein,' zei hij. Wil je dat het gebeurt?

"Wie is het?

"Ze zegt dat haar naam Nellie Lawson is,

James legde het boek neer dat hij nog steeds in zijn handen hield, verrast.

"Natuurlijk wil ik het zien," antwoordde hij. Zorg dat het lukt.

De verpleegster ging naar de deur en opende die, terwijl ze uitnodigend gebaarde naar iemand die buiten stond te wachten, en Nell Lawson verscheen in de deuropening.

Flcisch had gelijk, en hij had het met zijn eigenaardige lichtzinnigheid uitgedrukt.

Nellie Lawson was een vrouw die een heilige kon verleiden. Hoog, golvend, met elke bocht op zijn plaats en allemaal goed geproportioneerd.

Ze kleedde zich eenvoudig, maar de zwarte jurk paste perfect bij haar en voegde een nieuwe charme toe aan haar verbijsterende persoonlijkheid en mooie figuur.

Het meisje had duidelijk "glamour" en zou nergens onopgemerkt zijn gebleven, niet alleen door haar figuur, maar ook door die droevige glimlach die haar lippen spreidde.

Ze was een brunette. Haar haar was wijs gekamd en haar fijne witte huid viel daarentegen als een vlek af tegen de zwarte kleur die haar figuur domineerde.

Ondanks dat hij broers was, leek hij helemaal niet op Henry. Deze indruk kreeg James toen de jonge vrouw hem tegemoet kwam.

James kwam overeind. Nell stopte twee stappen van hem af en haar lippen trilden een beetje. Toen stapte hij weer naar voren en stak zijn hand uit.

'Ga zitten,' zei hij, wijzend naar de andere stoel.

Het meisje deed het eerder, ze tilde ingetogen de benen op die ze onder haar rok verstopte en, zonder te weten waarom, voelde James zich geïrriteerd door die beweging.

Er was iets vreemds stoutmoedigs aan de jonge vrouw, ook al probeerde ze het te verbergen.

De verpleegster kwam naar buiten en liet hen alleen. Een paar seconden heerste er stilte in de kamer, tot Nell uiteindelijk zei:

'Ik ben gekomen zodra ik je brief heb ontvangen. Henry en ik waren alleen op de wereld...

Ze haalde een tissue uit haar tas en veegde haar ogen af.

"Je kunt je voorstellen hoe het voor mij was.

Zijn stem was zacht als fluweel. Ondanks de gelegenheid probeerde James zich voor te stellen hoe het zou zijn om de oren van een man te strelen.

'Ik begrijp het,' antwoordde hij. Sorry dat het zo lang duurde om te schrijven. Ik ben ook heel serieus geweest.

"Oh mijn God! Je hoeft je niet te verontschuldigen. Zoals je me vertelde, stierf Henry, mijn arme broer, in jouw armen. Vertel me hoe het was.

James deed dat, in een poging zijn woorden niet te veel emotie te geven.

Nell luisterde met aanhoudende aandacht naar hem. Van tijd tot tijd zuchtte ze of hief ze haar zakdoek voor haar ogen, maar het leek James dat haar verdriet niet zo groot was als ze deed alsof ze geloofde.

Het leek meer alsof hij een komedie speelde.

Hoe dan ook, hij bereikte het einde van zijn verhaal en, in tegenstelling tot wat hij had verwacht, maakte Nell Lawson geen grote ophef toen ze hoorde hoe de laatste minuut van haar broer was geweest.

Ze stond stijf en rechtop op de rand van de stoel, haar blik door de ruiten naar de lucht gericht.

Toen hij ze naar James draaide, drukten ze hun pijn uit, leunden impulsief naar voren en knepen nerveus in een van de handen van de jongeman.

"Dank u!" Zei ze, gesluierd van emotie. "Dank je! Het moet verschrikkelijk voor hem zijn geweest, arme Henry, maar jij...

'Het is niet belangrijk. Vergeet het maar.

Hoe kan ik hem vergeten, toen hij mijn broer was?

James dacht dat hij niet zoveel gevoel in zijn woorden hoefde te leggen.

Hij had niets voor Henry Lawson gedaan, kon niets anders doen dan aan zijn zijde staan in zijn laatste momenten.

Hij durfde Nell niet te vragen waarom ze een pijn verborg die ze nauwelijks voelde, maar hij onthield zich ervan en hij wilde dat ze daar weg zou gaan om deze komedie te beëindigen.

Henry had met een zekere beschermende toon over haar gesproken, alsof zijn zus jonger was dan hij, en het idee om haar met de wereld geconfronteerd te worden, beangstigde hem.

Maar deze vrouw leek heel goed in staat om zichzelf te onderhouden en genoeg energie te hebben om aan anderen te lenen.

Eindelijk kwam Nell overeind en James keek nog een keer naar haar lange gestalte, haar dominante houding en hoe weinig ze op Henry leek.

Hij stond op en schudde de lange, slanke hand die ze hem toe stak.

'Nellie... Nell...' zei hij tegen zichzelf. Zelfs zo'n milde naam paste niet bij die vrouw.

De naam, vooral de verkleinwoord, deed denken aan een mooi en vrouwelijk meisje, met blond haar als goud en licht en onschuldige ogen.

"Wanneer word je ontslagen?" Zij vroeg.

"Ik weet het niet. Over drie of vier dagen misschien," antwoordde James vaag.

'Dan zien we elkaar misschien weer,' antwoordde Nell. Ik ga naar Boston en kom hier terug voordat ik terugga naar Montreal.

"Het zal me een genoegen zijn", zei hij zonder overtuiging.

Hij had er geen zin in haar weer te zien. Als hem was verteld dat een vrouw als deze zo in hem geïnteresseerd zou zijn dat ze zou doen alsof ze elkaar weer zouden zien, zou hij gevleid en zonder aarzeling zijn geaccepteerd.

Maar ze was Henry's zus, en het leek een ontheiliging om opnieuw getuige te zijn van de komedie van haar geveinsde pijn.

Een dame zoals die voor hem, wiens hand hij nog steeds beefde, was ideaal om naar nachtclubs te gaan, met haar te baden op een eenzaam strand, op excursies te gaan of een sloep te bemannen.

De volgende drie dagen kon James Hunter Nellie Lawson en haar vreemde houding niet uit zijn hoofd krijgen.

Verscheidene keren probeerde hij niet aan haar te denken, terwijl hij zichzelf voorhield dat het meisje zich misschien verplicht had gevoeld hem te bezoeken, hoewel haar relatie met haar broer niet was wat ze zou moeten zijn.

Fleisch ging naar hem toe en James realiseerde zich uit zijn vragen dat de roodharige erg geïnteresseerd was in Nell.

Eindelijk werd hij vrijgelaten en een auto kwam binnen door de grote deur die toegang gaf tot de tuin en stopte voor hem.

'Meneer Hunter,' riep een stem die hij niet had kunnen vergeten.

James wist niet of hij blij moest zijn of niet, toen hij Nell Lawson's gezicht uit het raam zag leunen. De auto was klein en niet erg recent.

De jonge vrouw bestuurde het en er zat niemand anders in, behalve een hond die op de achterbank lag te dommelen.

De matroos kwam naar haar toe, licht zwaaiend, en Nell glimlachte:

'Ging hij weg?' Hij vroeg.

'Ja. Ik ben al ontslagen.

"Gelukkig was ik op tijd", verzekerde ze.

Ze droeg dezelfde zwarte jurk die ze hem de eerste keer had gezien, maar nu droeg ze een mooie zwarte hoed die een witte veer een deel van haar verdriet wegnam.

"Kom naar boven" nodigde hij hem uit". Ik breng je waar je wilt.

James stond op het punt een excuus te mompelen, maar voordat zijn hersenen het dicteerden, bewoog zijn hart hem naar de open deur en ging naast Nell zitten.

Toen de auto startte, berispte hij zichzelf omdat hij het had gedaan, gehoorzaam aan de krachtige aantrekkingskracht die de vrouw op hem uitoefende.

'Waar wil je dat ik je afzet?' vroeg Nel.

Ze was een rechtshandige chauffeur en James kon zijn ogen niet afhouden van haar fijne, gemanicuurde handen die het stuur met vaardigheid hanteerden.

'Nou...' hij aarzelde. Ik zou naar elk hotel gaan. Morgen vertrek ik naar Boston. Trouwens, was je daar?

'Ja. Ik ben vanmorgen teruggekomen, maar ik moet terug. We kunnen de reis samen maken!

Jacob antwoordde bevestigend. Hij was buitengewoon nieuwsgierig naar Nellie en hij zei tegen zichzelf dat hij misschien wel zou weten wat hij van haar kon verwachten tijdens de reis.

Nell draaide zich een beetje om om naar hem te glimlachen.

'Nou. Je hebt me nog steeds niet verteld naar welk hotel je van plan bent te gaan.

'Ik heb zowel de een als de ander,' antwoordde James.

'Ik logeer in de Agnes,' liet ze doorschemeren.

"Er is geen reden waarom ik ook niet naar hem toe zou gaan... ervan uitgaande dat ze een kamer hebben"

'Ik denk dat daar geen probleem mee zal zijn,' zei Nell.

En zo bevond James zich dichter bij haar dan hij had verwacht. Maar wilde hij echt van haar gescheiden worden?

Deze vraag werd in haar kamer gesteld en concludeerde dat Nellie Lawson de mooiste vrouw was die hij ooit had gekend, hoewel haar kilheid en zelfbeheersing een deel van haar aantrekkingskracht wegnamen.

Hij wilde gaan wandelen, de frisse lucht van de zee inademen en met zijn voeten over het strand lopen, maar de wandeling zou aangenamer zijn als iemand hem vergezelde, en bijna zonder het te beseffen pakte hij de telefoonhoorn en hij vroeg om communicatie met Nells kamer.

Zij was het zelf die op het apparaat stapte. James vroeg hem:

'Wil je vanavond met me uit?

"Ik zou heel blij zijn, James," antwoordde ze, "maar... onder deze omstandigheden... Vergeet niet...

"Maak je daar maar geen zorgen over. We zouden gaan wandelen op het strand.

"In dat geval geaccepteerd.

James hing tevreden de hoorn op, nadat hij had afgesproken hoe laat ze elkaar in de hotellobby zouden ontmoeten.

Om negen uur stond de matroos in de hal te wachten tot de jonge vrouw naar beneden zou komen.

Toen hij dat deed, trok hij de blikken van het hele mannelijke element naar zijn figuur.

Ze stapten allebei in een taxi en James beval de chauffeur om hen naar de haven te brengen.

Deze werd goed verlicht door grote schijnwerpers en er ontvouwde zich een intense bedrijvigheid.

Er waren verschillende kooplieden afgemeerd aan de dokken, die werden geladen door hardwerkende arbeiders, met behulp van krachtige kranen, en het was niet moeilijk om af te leiden wat ze naar hen transporteerden.

James hield zichzelf voor dat spoedig een ander konvooi de zeeën zou bevaren, naar het oosten, en zuchtte, zich afvragend wanneer hij weer aan boord kon gaan.

Soldaten gewapend met geweren omsingelden het dok en lieten de doorgang naar de sectoren waar het oorlogsmateriaal was geladen niet toe.

James bood Nell zijn arm aan en ze liepen allebei naar het strand. De nacht was prachtig en de zilveren maan kuste de golven die zachtjes op het zand smolten.

Lange tijd keken ze gefascineerd naar het schouwspel.

"Mis je de zee?" Hij vroeg.

'Niet aan haar zijde,' antwoordde James. Wil je dat we gaan zitten?

Ze deden het op het zand. Een paar minuten hadden ze een onbeduidend gesprek, totdat Nell hem eindelijk opnieuw vroeg:

"Weet je wanneer het weer zal beginnen?

'Nou... nee,' antwoordde James. Ze mogen me nu een korte licentie verlenen en...

'Waar gaat hij het uitgeven?

'Bij mij thuis natuurlijk. Bij mijn ouders.

Wil je Canada bezoeken?

James draaide zich naar haar om.

"In jouw gezelschap?" vroeg hij met opzet.

Nell nam even de tijd om te antwoorden.

"Waarom niet?" Hij zei. Het zou een geweldige gids zijn.

"Ik twijfel er niet aan. Misschien zal ik besluiten om te gaan.

Weer een pauze, waarin ieder zijn gedachten in totaal tegengestelde richtingen liet vliegen.

'Heeft hij altijd bij de kustwacht gezeten?' vroeg Nell ten slotte.

'Nee, nee,' haastte James zich om te antwoorden. Ik ben wat we een echte vechter zouden kunnen noemen. Dit is de eerste comfortabele positie die ik ooit heb gehad ... en het was niet zo comfortabel.

Hij vertelde haar enkele gebeurtenissen waaraan hij had deelgenomen, aangemoedigd door de grote aandacht die ze aan zijn woorden schonk.

Toen hij haar vertelde over de laatste, die gedenkwaardige prestatie waarbij de arme "Candell" zes onderzeeërs had gevochten, merkte Nell op:

"Het moet schitterend zijn geweest. Wil je terug ... naar dat?

"Het heeft de voorkeur om te patullen zonder rust. Nieuwe landen, emoties en vrouwen zijn bekend.

Nel giechelde.

"Hier heb je een nieuwe vrouw ontmoet", antwoordde hij. Wat vind je van haar?

James kon niet onder woorden brengen wat zijn mening was, omdat hij er nog steeds niet in was geslaagd Nell te catalogiseren.

Hij koos echter voor de gemakkelijke weg:

'Wat mooi is,' antwoordde hij.

Hij had eraan kunnen toevoegen dat ze ook overweldigend en gevaarlijk was, maar dat deed hij niet, en Nell bedankte hem met een pruillip.

Nog een uur zaten ze op het strand. De golven kwamen dichterbij en James besloot dat het tijd was om terug naar de stad te gaan.

Dat deden ze.

Pas toen hij zich in de eenzaamheid van zijn kamer bevond, hadden hij en Nell de hele nacht nog nooit Henry's naam gesproken, en hij zei tegen zichzelf dat hij nog nooit zo'n kil gevoel in relaties had gekend. tussen twee broers.

De reis naar Boston zorgde voor meer intimiteit tussen hen. James was gestopt met weerstand te bieden, zich over te geven aan gebeurtenissen, en accepteerde gemakkelijk de details van vertrouwen en kameraadschap van Nell Lawson.

Ze bestuurde de auto voor het eerste deel van de weg, maar toen nam de matroos het stuur van haar auto over. Kort daarna haalde ze sigaretten tevoorschijn en bood hem aan:

"Wil je roken?

Op zijn instemmingsgebaar plaatste hij de sigaret aan zijn lippen, en nadat hij hem had aangestoken en het vuur met een lange trek had aangestoken, stopte hij hem in de mond van zijn metgezel.

De lichte aanraking van haar hand schudde James, maar ze leek het niet te merken.

De sigaret was licht bevlekt met karmijn, aromatisch en licht plakkerig.

Nell stak er nog een voor zichzelf aan en leunde achterover in haar stoel. Een van zijn benen raakte James' been en hij scheidde zich niet van haar.

"Ik ben blij", zei hij. Liever. Het zou zijn als Henry niet was gestorven.

Het leek James dat het desondanks was, maar hij uitte zijn gedachte niet en antwoordde:

"Dan hadden we elkaar niet ontmoet.

'Het is waar. Wat ga je doen in Boston?

"Ik stel mezelf voor aan mijn bazen.

"En later?

"Mijn nabije toekomst hangt van hen af. Ben je er voor vele dagen?

"Vijf of zes. Ik weet het niet...

James onthield haar ervan haar te vragen welke redenen hem naar de stad brachten, maar ze voelde zich genoodzaakt het hem te vertellen.

"Ik moet verschillende modellen jurken kiezen voor mijn bedrijf in Montreal. Ondanks de oorlog blijven vrouwen zich zorgen maken over hun kleding.

Het was het eerste nieuws dat hij had over zijn activiteiten.

Ze verbleven allebei in hetzelfde hotel, niet zonder dat ze drie of vier moesten reizen voordat ze een tweederangs hotel hadden gevonden, waar ze beloofden die nacht kamers te bieden, en James ging naar het Marine Commando.

Vanuit het Augusta-ziekenhuis had hij zijn bazen een uitgebreid verslag gegeven over de gebeurtenis waarbij Henry Lawson om het leven kwam, en nu was hij alleen maar heel nieuwsgierig om iets over zijn nieuwe bestemming te weten.

Hij was er zeker van dat hij opnieuw zou worden gestuurd om het bevel over een oorlogsschip te voeren.

Daarom keek hij verbaasd naar het hoofd van de sector toen hij aankondigde dat hij in zijn dienst was geplaatst, als verbindingsofficier tussen het leger en de marine.

"Maar... meneer... ik zou graag, als het niet te veel gevraagd is, terug willen naar de zee. Ik...

'Misschien duurt het niet lang, Hunter,' was het antwoord, 'maar voor nu hebben we je hier nodig.

'De vice-admiraal kwam achter de tafel vandaan en legde een hand op zijn schouder.' Denk niet dat je je gaat vervelen", voegde hij eraan toe. Je hebt meer werk dan je wilt. Ik verzeker je.

James trok een teleurgesteld gezicht, maar was er al snel van overtuigd dat zijn meerdere gelijk had.

De oorlog woedde met de dag. De Verenigde Staten, veranderd in het arsenaal van hun bondgenoten, stopten niet met het produceren van wapens in een duizelingwekkend tempo en de havens waren getuige van een ongekende activiteit.

De matroos had nauwelijks tijd om te genieten van rust of recreatie.

De verzending van de goederen, de problemen van de kustwacht, de relaties met de krijgsmacht, bevatten duizend complexe details en problemen die moesten worden gecombineerd of opgelost om de machine soepel en efficiënt te laten werken.

De eerste paar dagen kon hij Nell nauwelijks zien, hoewel hij haar een paar keer aan de telefoon had gesproken.

Toen ze er eindelijk in slaagden een lang interview te houden en hij haar vertelde wat zijn nieuwe functie was, riep de jonge vrouw uit:

"Prachtig!

James dacht dat ze dacht dat ze zo samen konden zijn, maar Nell dacht hier nauwelijks over na.

De jonge zeeman wijdde zich met hart en ziel aan haar en haar taak.

De herinnering aan Henry telde nauwelijks meer en toen het hem leek te achtervolgen, verontschuldigde James zich bij zichzelf dat het niet zijn schuld was dat Nell te modern en onafhankelijk was.

Op een dag, toen het werk bijzonder zwaar en intens was, zakte James in een fauteuil in zijn hotelkamer.

Nell was afwezig, maar ze liet niet lang op zich wachten, stralend van schoonheid en charme.

James keek haar aan en vroeg zich af wanneer het tijd zou zijn om uit elkaar te gaan. Tot dan toe had Nell er niets over gezegd, maar de matroos wist dat het moest komen.

De jonge vrouw legde de pakjes die ze bij zich had op het bed en ging naar hem toe en kuste hem.

"Moe?" Hij vroeg.

'Veel,' antwoordde James. Ik ben een wrak. En meer dan dat, wat ik heb is een echt verlangen om uit te gaan, om een beetje plezier te hebben.

"Als je niet zo moe was...

"Wat?

'We kunnen vanavond ergens heen gaan, schat. Even dansen bijvoorbeeld.

James ging rechtop in de stoel zitten.

'Je weet niet hoeveel ik van hem zou houden,' antwoordde hij, 'maar het lijkt me niet juist, aangezien Henry zo recent is.

Nell pauzeerde in haar operatie van het afwerpen van haar hoed en, hem in de hand houdend, confronteerde James hem.

'Henry was mijn broer,' zei hij, 'maar nu kan ik bekennen dat ik zijn dood heb gevoeld als die van een familielid met wie je nauwelijks contact hebt.

'Je bedoelt dat jij en Henry niet aan het dealen waren?

"Sinds de oorlog begon heb ik hem amper een paar keer gezien. En rekening houdend met het feit dat onze karakters sinds onze kindertijd totaal anders waren, zul je begrijpen dat hun afwezigheid relaties op zo'n manier heeft gekoeld. Alsjeblieft, Jim, dwing me niet om je de reden van onze verdeeldheid te vertellen. Wees tevreden met wat ik je heb verteld.

Dat verklaarde misschien haar gebrek aan emotie bij het vernemen van de details over Henry's dood en haar verlangen om voor hem te doen alsof, maar James hield zichzelf opnieuw voor dat het haar niet dwong hem dat bezoek te brengen in reactie op zijn brief.

'Goed, Nell,' antwoordde hij. Waar gaan we heen?

Haar ogen glinsterden.

"Je bent een charmeur" kuste hij hem weer "Kies zelf de site.

'Vind je Parodieën goed?

'Aan jouw zijde zal ik zelfs in de hel verrukt zijn.

Terwijl ze dansten op het geluid van het orkest, deelde James hem mee dat hij de volgende dag naar Halifax zou vertrekken in het gezelschap van het hoofd van de sector.

"Waarom ga je daarheen?" Ze vroeg het zonder interesse te tonen.

"Een enorm konvooi gaat de Atlantische Oceaan oversteken om hulp aan Rusland te brengen," antwoordde James, "en voor de eerste keer zal het worden beschermd door Amerikaanse en Canadese oorlogsschepen samen.

"Hoe belangrijk is dat?

"Niet veel. Het is gewoon een kwestie van Canadezen opleiden in deze zaken. In Halifax zullen we het aantal oorlogsschepen van elk land bepalen dat het konvooi zal beschermen.

"Ik zal van de gelegenheid gebruik maken om naar Montreal te gaan. Ik ben zo terug Jim

'Ben je nog niet klaar met winkelen?

"Eigenlijk wel, maar ik moet me ook bezighouden met zaken van het hart", antwoordde ze met een ondeugend gebaar.

James hield haar steviger vast en ze gingen door met dansen.

Twee dagen later verliet hij Boston, waar hij bijna een week afwezig was. Toen hij terugkwam, was Nell al in de stad en vroeg hem naar de uitkomst van de conferentie.

"Super goed!" antwoordde Jacobus. Je landgenoten zijn erg aardig om mee om te gaan. Er waren geen moeilijkheden en alles werd opgelost in het eerste gesprek. Schepen concentreren zich op Halifax en andere kusthavens.

"Het moet spannend zijn om in zo'n konvooi te reizen.

"Geloof het niet. Het is behoorlijk saai.

"Wanneer komt het uit?

"Binnen vijf of zes dagen.

Nell wendde het gesprek af, maar haar ogen waren gericht op de map die James op tafel had achtergelaten.

Kort daarna ging hij naar de badkamer en genoot een paar minuten van zijn geneugten, terwijl hij een lied neuriede.

Toen hij weer naar buiten kwam, was Nell, gekleed in een mooie negligé, rustig aan het roken, onderuitgezakt in een leunstoel.

Vijf dagen later ploegde een enorm konvooi, bestaande uit honderd koopvaardijschepen met een sterke escorte, door de Atlantische wateren en eiste de Moermansk-route op.

Een week lang sneden haar bogen het water in perfecte staat, beschermd door Yankee en Canadese torpedobootjagers en korvetten, volgens het overeengekomen plan, zonder dat de Duitse onderzeeërs verschenen.

De Canadese matrozen wilden graag meewerken, maar ze kwamen zonder enige tegenslag tussen IJsland en de Faeröer over.

De hele bemanning begon te geloven dat ze tegen die tijd de aanval van de angstaanjagende Duitse duikboten hadden weten te ontwijken.

Op het hoogtepunt van de vijfentwintigste meridiaan, met amper een dag te gaan om de Noordkaap naar het noordelijkste punt van Noorwegen te keren, werd een bericht van de Russische marine opgevangen, waarin werd aangekondigd dat verschillende torpedobootjagers van deze nationaliteit aan boord waren. hun manier om hun krachten te bundelen. aan de beschermingstroepen.

Tweederde van de Yankee-schepen verliet het konvooi op weg naar het zuiden, om zich bij een ander konvooi aan te sluiten dat Engeland verliet en op volle zee naar de Verenigde Staten vertrok op zoek naar meer voorraden.

Dit was het moment dat de Duitsers hadden gekozen om aan te vallen.

Een paar dagen eerder hadden de staalhaaien, die een ware kudde vormden, op hun slaapplaatsen op de loer gelegen en de bewegingen van het konvooi gadegeslagen.

Zijn toevluchtsoorden bij Narvick en Vesteraalen waren dichtbij en de operatie leek hem het gunstigst.

Roerloos en stil tussen de duizend eilandjes van de regio Hammerfest, keken de Duitsers toe hoe het grootste deel van de beschermingseenheden voorbij kwam.

Zodra ze uit het zicht naar het zuiden waren, begonnen ze met de hoogste snelheid van hun motoren, om op het konvooi te vallen voordat de Russische eenheden zich erbij voegden.

De ramp had de kenmerken van een ware catastrofe.

De Canadese torpedobootjagers en korvetten vochten heldhaftig, maar ze waren met weinig in aantal en de bemanningen waren te onervaren om zich effectief te verdedigen tegen de gecombineerde aanvallen van een tiental onderzeeërs en vijftig bommenwerpers.

Meer dan dertig schepen, waaronder kooplieden en de Canadese marine, werden samen met hun waardevolle lading naar de zeebodem gestuurd.

Toen de Russische torpedobootjagers op de plaats van de aanval aankwamen, was deze al geconsumeerd.

De fakkels van de brandende schepen verlichtten nog steeds een somber beeld, waarin honderden en honderden mannen probeerden in veiligheid te komen in boten, planken verscheurd door explosies of gewoon zwemmend.

Wat de onderzeeërs betreft, ze verdwenen uit het theater van hun prestatie, zich nauwelijks bewust van de komst van hun meest angstaanjagende vijanden, zonder het minste spoor achter te laten.

Toen dit nieuws het marinehoofdkwartier in Boston bereikte, balde vice-admiraal Cramer krampachtig zijn vuisten en begon als een uitgehongerd beest door het kantoor te ijsberen, onder de grimmige blik van een half dozijn officieren in zijn dienst.

Eindelijk bleef hij voor hen staan, maar sprak niet meteen.

'Ik begrijp het niet,' mompelde hij. Ik begrijp niets van wat er is gebeurd. Hoe konden ze weten wanneer en waar onze schepen zouden vertrekken van het konvooi?

Hij kreeg geen antwoord.

Hetzelfde vroegen zijn officieren zich af.

"De vorming en route van de konvooien gebeurde in het grootste geheim, tot het punt dat zelfs de kapiteins van de koopvaardijschepen de weg vooruit niet wisten.

Maar het was duidelijk dat er sprake was van enige infiltratie of indiscretie van een van de tientallen mensen die de voorwaarden van de Halifax-deal kenden.

"Hoe het ook zij", voegde hij eraan toe. Het lijdt geen twijfel dat een groep spionnen bij deze gelegenheid voortreffelijk heeft gepresteerd. Ik zal rapporteren aan de autoriteiten en voortaan zullen we buitengewone voorzorgsmaatregelen nemen om te voorkomen dat onze plannen de vijand overstijgen.

De bijeenkomst duurde een half uur, maar er kon niets duidelijk worden gemaakt.

De Yankee-officieren zwoeren en meineedden dat geen van hen ook maar de geringste indiscretie had begaan, omdat ze hun vrienden of familie niet eens over het konvooi hadden verteld.

'Misschien waren het de Canadezen,' merkte een van hen op. Houd er rekening mee dat dit de eerste operatie van deze soort was die werd uitgevoerd.

"We zullen die mogelijkheid in overweging nemen, heren", kondigde de vice-admiraal aan, "maar leef ondertussen met uw ogen wijd open en uw lippen stevig gesloten.

James keerde in een geweldige stemming terug naar het hotel. Nell, die de deugd leek te hebben zijn gedachten als een boek te lezen, vermoedde dat er iets mis met hem was en vroeg zich af.

"Het ergste is gebeurd", zei hij. Na nauwgezet alle voorbereidingen te hebben getroffen, heeft hij een echte catastrofe gesuggereerd. Duitse onderzeeërs vielen het konvooi aan dat Halifax verliet en hebben meer dan dertig schepen tot zinken gebracht.

Het meisje slaakte een uitroep van verbazing.

'De kranten zullen morgen het nieuws brengen,' voegde James eraan toe. Natuurlijk zullen ze het evenement bagatelliseren, maar het is een klap voor ons geweest

"Nou lieverd," antwoordde ze, "het was tenslotte niet jouw schuld,

'Nee. Noch ik, noch een van de andere officieren die bij de konvooigroepering betrokken waren, maar de vice-admiraal leek in ieder van ons een verdachte te zien.

Nell leidde het gesprek ergens anders heen.

"Gaan we uit vanavond?" Hij vroeg.

"Verdomme als ik zin heb om ergens heen te gaan," antwoordde James. Ik denk dat ik zonder eten naar bed ga, zoals toen ik een kind was en een driftbui had. Alles wat ik at zou me pijn doen.

Na het ongeluk met het konvooi gebeurden andere in een tijdsbestek van een paar dagen.

Het waren misschien onbeduidende dingen, maar daar kwam nog bij dat ze de maritieme autoriteiten van Boston ongerust maakten.

James was in zijn kantoor enkele papieren aan het onderzoeken, die betrekking hadden op de bruisende ondergrondse activiteit van de vijand.

Hoe hij er ook over nadacht, hij herinnerde zich niet dat hij roekeloos was geweest.

Hij was op dit punt in gedachten toen er discreet op de deur van zijn kantoor werd geklopt. James gaf toestemming om naar binnen te gaan en een matroos stond voor hem die hem vertelde dat een vrouw die buiten stond te wachten om hem te spreken.

"Een vrouw?" vroeg James, geïntrigeerd. Was het zijn zus? Of misschien je moeder? Hij betwijfelde het omdat ze niet met zo'n ceremonie zouden hebben gelopen, maar het kantoor zouden hebben ingebroken.

Nel?

De beste manier om uit de twijfel te komen was om zijn bezoeker te zien en hij zei tegen de matroos:

"Nou. Laat het gebeuren.

Hij wachtte tot de dame met echte nieuwsgierigheid zou verschijnen, staande achter de tafel. De matroos deed de deur weer open en maakte plaats voor een vrouw die James aandachtig aankeek.

Was erg jong. Ondanks haar zwarte gewaden en de totale afwezigheid van make-up, was het moeilijk voor te stellen dat ze meer dan twintig jaar oud was.

De huid was glad en wit, en het gezicht, ovaal en volmaakt, werd bekroond door prachtig bruin haar. Alles aan haar straalde onderscheid, harmonie en vitaliteit uit.

Het meisje liep vastberaden naar hem toe, met een glimlach die niet zonder droefheid was en de matroos dacht dat die glimlach hem deed denken aan iemand die hij zo had zien glimlachen.

Hij stapte snel achter de tafel vandaan en liep op zijn bezoeker af.

"Wil je gaan zitten, alsjeblieft?" zei hij, wijzend naar een van de stoelen. Hoe kan ik u helpen?

Het meisje ging zitten zonder haar ogen van hem af te wenden. James deed het voor haar en het meisje vroeg hem:

'Bent u kapitein Hunter?

Zijn stem was goed en goed getint. James knikte, terwijl hij antwoordde:

'James Hunter, om u te dienen.

"Ik ben Nell Lawson. Herinner je je mijn broer nog?

Ze trok zich een beetje terug terwijl James naar haar staarde, zijn mond openhangend van verbazing.

En zijn verbijstering kende geen grenzen toen de matroos overeind sprong en uitriep:

"Goeie hemel! Dus wie is die andere?

'Nee... ik begrijp niet wat je bedoelt,' antwoordde hij.

James stopte voor haar, die werd aangestaard door blauwe, mannelijke ogen, vol strengheid.

"Het is logisch dat ik het niet begrijp. Ben jij echt Nellie Lawson?

'Natuurlijk,' antwoordde ze verbaasd. "Ik kan het je bewijzen, als je wilt.

Ze begon haar tas te openen, maar James onderbrak haar met een gebaar.

"Nee, het is niet juist", zei hij.

Nu wist hij zeker dat dit de echte Nell was. Niet alleen vanwege het vertrouwen waarmee ze het zei, maar ook vanwege de gelijkenis met Lawson die ze op zijn gezicht kon lezen.

De glimlach was grotendeels identiek aan die van de Canadees.

Maar wie was dan die andere, die twee weken geleden had gedaan alsof hij Nell was?

Een vermoeden nestelde zich in zijn brein. Een vreselijk vermoeden dat hem op zijn lip deed bijten.

"Het is natuurlijk dat ik het niet begrijp", herhaalde hij ten slotte, terwijl hij zijn bezoeker aankeek, maar met zijn gedachten ergens anders heen. Heel natuurlijk. En ik ben een klootzak. Zo'n idioot zal moeilijk een andere te vinden.

Hij ging naar het raam, gevolgd door Nells verbaasde blik, en bleef een paar seconden naar de straat kijken.

Toen draaide hij zich om. De ziekenhuisscène zou zich herhalen, maar nu met de echte Nell Lawson.

Ze was waarschijnlijk bij hem op bezoek gekomen om nieuws te krijgen over de laatste momenten van haar broer.

Maar op dat moment was hij niet in een positie om aan iets anders te denken dan het sinistere plan dat hij zojuist had ontdekt, waaraan hij met zijn idiotie had meegewerkt.

'Juffrouw Lawson,' zei hij terwijl hij het meisje aankeek. Ik neem aan dat je naar me toe bent gekomen om je wat details te vertellen over Henry's dood, nietwaar?

"Daarom en om hem te ontmoeten," antwoordde de jonge vrouw met de grootste eenvoud.

"Hoe is het niet eerder gekomen?

"Ik werk in Montreal op een militair kantoor" was het antwoord. Ik kon tot nu toe geen toestemming krijgen. Het kostte me veel werk om je te vinden.

'Ik begrijp het,' mompelde James.

Haar ogen waren onweerstaanbaar voor hem, maar hij moest vice-admiraal Cramer onmiddellijk zien, zo snel mogelijk, om het kwaad te herstellen dat hij onbewust had veroorzaakt.

Nell keek hem aan, wachtend. James boog zich naar haar toe en pakte haar handen.

'Ik kan nu niet voor haar zorgen,' zei hij. Ik heb iets heel dringends te doen en je moet me vergezellen.

"Me?" Nells vraag straalde verbazing uit. Het meisje stond op en zei met enige reserve ". Ik begrijp niet waarom ik hem moet vergezellen.

'We moeten naar mijn baas,' antwoordde James. We moeten iets heel belangrijks oplossen dat u op een indirecte manier ook aangaat.

Nell liet op dat moment zien dat ze haar eigen ideeën had en genoeg vastberadenheid om eraan vast te houden.

"Nee," antwoordde hij. Ik hoef nergens heen zonder te weten wat ik moet doen.

Hunter keek haar licht geïrriteerd aan. Het meisje was bijna net zo lang als hij, en nu hij haar beter aankeek, begreep hij zonder enige twijfel dat ze inderdaad Henry's zus was. Bovendien was een tweede bedrog over dezelfde kwestie moeilijk.

'Ga zitten,' zei hij. Aangezien ik geen keus heb, ga ik je iets vertellen.

Geïntrigeerd leunde ze achterover. James deed dat ook en begon met te zeggen:

'Toen Henry stierf, gaf u mij de opdracht contact met u op te nemen.

'Waarom deed hij het niet?' vroeg ze wat droog. "De opdrachten van de stervenden zijn heilig.

James keek haar zwijgend aan.

"Ik schreef hem een brief waarin ik hem allerlei details gaf over zijn laatste momenten. Het vertelde je ook dat de laatste gedachte aan je broer voor jou was. Heb je het niet gekregen?

'Nee,' antwoordde Nell met trillende stem.

"Ik veronderstelde. Hoe heb je me dan gevonden?

"De kranten publiceerden zijn naam. Ik maakte er een punt van om je zo snel mogelijk te ontmoeten. Waarom? Wat gebeurd er?

'Iets heel ernstigs, Nell. Een andere vrouw imiteert jou.

"Dankzij mij?" Vroeg het meisje geïntrigeerd. Zodat?

"Om me te bedriegen" vertelde hij wat er was gebeurd en de ontdekking dat zijn komst net was begonnen, waarbij hij de details bewaarde die hij passend achtte om niet te veel te luchten, en eindigde met te zeggen ": Zoals je kunt zien, hebben ze me als een pop .

Een korte stilte volgde op zijn woorden. Nell keek nu op een andere manier, met meer begrip in haar ogen, vermengd met een zekere mate van verdriet.

'Het spijt me,' mompelde hij. Wil je haar?

'Nee,' antwoordde hij heftig. Ik heb het mezelf vaak afgevraagd en het antwoord was altijd negatief, maar nu ... Christus! ... Ik zou haar kunnen doden als ik haar weer zou zien. En nu, wil je me vergezellen om de vice-admiraal te zien?

Tot haar verbazing schudde Nell haar hoofd.

'Nee,' zei hij resoluut. En voor James' verbaasde blik vervolgde hij: "Ik ga je iets vertellen dat net bij me opkwam." En als je daarna denkt dat mijn idee niet goed is, ga ik met je mee waar ik denk dat mijn verklaring nodig is.

James dronk zijn woorden materieel op, zich afvragend welk idee in dat kleine hoofd tussen de wenkbrauwen was gekomen. Nel vervolgde:

'Dit doet je natuurlijk pijn, nietwaar?

"Veel," antwoordde hij bitter. Het is duidelijk dat ik kan bewijzen dat ik bedrogen ben en dat ze me niet uit de marine zullen zetten, laat staan dat ze me zullen neerschieten, maar ik kan nu afscheid nemen van het opnieuw innemen van vertrouwensposities.

"Bovendien zal hij het lachertje zijn van zijn teamgenoten.

"Zo is het. Nou. Dat is iets dat ik goed heb verdiend voor mijn domheid.

Hij vroeg zich af waarom hij dit meisje, dat hij nog maar een paar minuten daarvoor kende, zo vertrouwde, en hij kreeg geen antwoord, behalve dat ze Lawsons zus was.

"Maar als jij degene bent die erin slaagt haar en haar handlangers te pakken te krijgen "omdat je ze ongetwijfeld hebt", kunnen je metgezellen je niet uitlachen en zal het enigszins in je voordeel zijn.

James hief zijn gezicht naar haar op, die stopte en naar hem glimlachte.

'Wat vind je van mijn idee?

'Het is gevaarlijk,' antwoordde hij voorzichtig. "Ik bedoel niet de risico's die ik mag nemen, maar dat ze iets kunnen realiseren en verdwijnen, waarmee mijn schande groter zou zijn. Nee, ik denk dat we het onder de aandacht van de autoriteiten moeten brengen. Ze hebben meer middelen om te ontdekken de organisatie. Trouwens, het komt me voor dat dit gevolgen moet hebben in Canada. Hoe werd mijn brief anders onderschept?

'Ik weet het niet,' antwoordde Nell. Zijn ogen flitsten en hij voegde eraan toe: 'Ik denk niet zoals jij. Met een beetje sluwheid zou hij een flinke klap kunnen uitdelen om hem te compenseren voor de bitterheid die hij doormaakt. Wat denk je dat de contraspionagedienst zal doen? vraag ze om door te gaan met de komedie totdat ze klaar zijn met het leggen van het netwerk. Nou, dat is precies wat ik je voorstel.

James overwoog het voorstel.

Een doffe woede overspoelde hem toen hij zich herinnerde dat de nep-Nell met hem had gespeeld zoals ze met een poedel had kunnen spelen, en hij zei tegen zichzelf dat hij hen inderdaad zou willen laten begrijpen dat hij niet zo dom was als hij leek.

'Kom op, neem een besluit,' moedigde Nell hem aan. Ik zou je helpen.

"Op welke manier?

'Nou... ik weet het nog niet, maar we zullen zeker een manier vinden om het te doen. Nou, wat denk jij?

'Ik denk dat ik je advies zal opvolgen,' stelde James voor. Maar we zullen niet meer behandelen dan waar we in kunnen bijten. Ik bedoel dat als we moeilijkheden tegenkomen, ik alles aan mijn bazen zal melden.

'Ik vind het zo leuk,' antwoordde Nell met fonkelende ogen. " Je zult zien hoe we niet zullen falen. Ik zal proberen dicht bij je te zijn. Voorlopig blijf ik in hetzelfde hotel.

"Eerst moeten we ervoor zorgen dat deze vrouw haar niet kent.

'Kun je het me laten zien?

"Als op enig moment.

"Hoe eerder hoe beter.

'Het geeft niet. Ik ben over een uur bij haar in Cyrus. Het is een bar in Concorde Street. Je kunt er eens naar kijken.

'Oké,' antwoordde Nell. In welk hotel logeer je?

James vertelde het hem.

'Ik bel je later aan de telefoon.

Toen Nell, na hem de hand te hebben geschud, James' kantoor verliet, overwoog hij de situatie opnieuw en vroeg hij zich af of hij er goed aan had gedaan om de suggestie van het meisje te accepteren.

Ze zei tegen zichzelf dat het het beste was geweest om alles van Cramer te weten te komen, maar langzamerhand raakte ze weer opgewonden bij het idee om nep Nell wat van haar eigen medicijn te laten slikken.

Eindelijk pakte hij de hoorn op en riep haar naar Cyrus voor wat later.

Die middag belde Nell hem in het hotel en zei dat ze de vrouw die zich voordeed als haar niet kende en dat het ook niet gemakkelijk voor haar was om haar te identificeren als Nell Lawson.

Hoe dan ook, het leek James beter dat het meisje niet in het hotel incheckte, maar Nell drong zo aan dat er geen gevaar was dat ze uiteindelijk instemde, toen ze hem ging opzoeken.

"Het is oké. Doe het, maar met een andere naam", zei hij.

Ze zaten allebei in zijn kantoor bij het marinecommando.

James besloot op dat moment dat hij Nell Lawson leuk vond en sprak tot zijn zintuigen en zijn hart op een manier die de andere vrouw nooit had bereikt.

'We moeten een gewaarschuwd leven leiden, vooral jij', zei het meisje. Denk je dat hij in staat zal zijn om meesterlijk genoeg te doen alsof om haar te misleiden?

'Maak je geen zorgen om mij,' antwoordde James.

Vanaf dat moment merkte hij de voogdij van Nell Lawson op. Het meisje oefende een discrete waakzaamheid over hen uit.

Zo gingen er nog drie dagen voorbij, waarin James enkele observaties deed met betrekking tot de valse Nell, wat uiteindelijk zijn vermoedens bevestigde.

Hij en Nell ontmoetten elkaar dagelijks in zijn kantoor, waar ze indrukken uitwisselden die elke dag een meer intieme nuance hadden.

Sterker nog, beiden werden aangetrokken en elk dacht aan het risico dat de ander zou kunnen nemen.

Op een middag verscheen Nell met fonkelende ogen op kantoor.

"Goed nieuws?" vroeg Jacobus.

Hij zat naast haar op de bank in de drieling. Het meisje antwoordde:

'Ik weet het niet echt, hoewel ik denk van wel. Weet je dat je vriend een andere man bezoekt die in hetzelfde hotel woont?

'Nee,' antwoordde James verrast.

"Van wat ik heb kunnen waarnemen, is het niet alleen een kwestie van medespionage", antwoordde ze. Er is... nog iets. Liefde of iets dergelijks. En het kwam bij me op dat we van deze omstandigheid konden profiteren.

"Hoe?

legde Nel uit. James vond het idee niet zo leuk, maar uiteindelijk liet hij zich meeslepen door het enthousiasme van het meisje en stemde ermee in de komedie op te voeren die ze voorstelde.

"Wanneer ga je het doen?

'Vanavond. Ik sta in vuur en vlam en wil uit deze rotzooi komen. Ik denk dat het enige goede aan hem is jou te ontmoeten.

Nel glimlachte.

'Ik denk dat Henry je dat graag had willen horen zeggen,' antwoordde hij.

Toen de matroos terugkeerde naar het hotel, wachtte de nep-Nell op hem, gekleed om uit te gaan. Op zijn vraag antwoordde hij dat hij boodschappen ging doen.

Toen bracht hij het nieuws.

'Jim, schat,' zei hij. We hebben weinig tijd om samen te zijn. Ik ben over twee of drie dagen terug in Montreal.

'Maar' protesteerde hij. "Ik dacht dat je alles had geregeld om voor onbepaalde tijd in Boston te blijven.

"En zo is het, maar van tijd tot tijd moet ik een kijkje nemen in mijn bedrijf", antwoordde ze glimlachend. Waarom ga je niet met me mee?

"Naar Montréal?

'Niet. Nu. Ik ga winkelen.

'Ik ben moe, Nell,' antwoordde James. En hij moest er alles aan doen om deze naam uit te spreken". Ik verwacht ook een telefoontje... En trouwens, Nell, ik wist niet dat je een vriend had in hetzelfde hotel. Je hebt me nooit iets verteld.

Hij keek naar het effect dat zijn woorden op de vrouw hadden. Hij tuitte zijn lippen een beetje en werd een beetje bleek. Hij hield haar blik echter strak vast terwijl hij de handschoenen aantrok.

"Een vriend? Je hebt het mis, Jim," antwoordde hij.

"Ik ben in ieder geval niet degene die dat is. Lees dat.

Uit de zak van zijn uniformjas haalde hij een stuk papier dat hij de vrouw overhandigde, zonder haar te vertellen dat hij het kort daarvoor zelf had geschreven, het handschrift ontsierend.

'Het is vanmorgen beneden bij me afgeleverd,' zei hij toen ze de inhoud van de valse anoniem hoorde.

Eindelijk hief hij zijn gezicht, dat van woede op de grond stond, op naar James.

"Het is een leugen!" Hij antwoordde heftig. Een beruchte leugen, vind je niet?

'Ik denk hetzelfde als jij,' antwoordde James. 'Goed. Het is niet belangrijk.

Ze liep naar de matroos toe en kuste hem impulsief.

'Bedankt, Jim,' zei hij. Bedankt voor het vertrouwen.

Hij ging weg en liet hem alleen.

Zonder de minste aarzeling begon hij systematisch de bagage van de vrouw te doorzoeken.

Hun teleurstelling was groot toen ze niets vonden waarmee ze de andere onderdelen van de organisatie konden ontmoeten.

Natuurlijk zou de vrouw die zich voordeed als Nell ervoor hebben gezorgd dat ze niet het minste spoor achterliet dat hen zou kunnen helpen.

Ze waren sluw en wisten heel goed dat elke onzorgvuldigheid hen het leven zou kunnen kosten.

Hij pakte de telefoon en belde Nells kamer zonder antwoord te krijgen.

Dat was vreemd, aangezien ze hadden afgesproken dat het meisje in haar kamer zou wachten op het resultaat van de huiszoeking.

Hij belde opnieuw, maar de bel ging aanhoudend, tevergeefs.

Ik wacht nog even, zei hij tegen zichzelf.

Maar rusteloosheid overheerste hem. Zonder te weten waarom hij voelde dat het meisje in gevaar was.

Tevergeefs probeerde ze zichzelf te kalmeren en besloot uiteindelijk de 'comptoir' te bellen, met de vraag of ze haar hadden zien vertrekken.

"Ja, meneer," antwoordde de stem van de manager. Ze is een paar minuten geleden vertrokken samen met een man.

"Door een man?" vroeg Jacobus. Hoe raar! ' mompelde hij.

Het alarm klonk trompetten in zijn hersenen, maar de volgende woorden van de klerk verdreven zijn vermoedens,

'Het was een vriend van haar uit Montreal,' zei hij.

James hing op dat punt gerustgesteld de hoorn op.

Nell had beslist geen andere keuze gehad dan weg te gaan. Het kwam niet bij haar op dat ze de comptoirklerk geen uitleg hoefde te geven over de identiteit van de man bij haar.

Ze had hem in ieder geval naar zijn kantoor of kamer kunnen roepen om het hem te vertellen.

Hij rookte, diep in gedachten, toen de slaapkamerdeur openging.

'Ben jij dat, Nel?' Hij vroeg.

"Ja" was het antwoord. De vrouw die zich voordeed als het meisje verscheen voor hem en groette hem.

"Hallo lieverd.

Hij kuste haar kort en deed meer lichten in de kamer aan.

"Wat was je aan het doen?" Hij vroeg.

'Denken,' antwoordde James. Ik kijk uit naar deze verdomde oorlog.

'We hebben het allemaal, Jim,' antwoordde ze. Hé, schat. Ik moet je iets vertellen.

James was op wacht. Ze vroeg hem:

"Heb je al gerust?

"Ja, Nel, wat wil je?

'Ik vraag me af of je vanavond met me mee kunt doen.

"Waar?

"Naar een feestje" schraapte hij zijn keel en voegde eraan toe ": Zie je wel. Vanmiddag ontmoette ik een paar vrienden uit Montreal. Ik had geen idee dat ze hier waren ... Waar kijk je naar?

James staarde haar aan. Ik vroeg me af of een van die vrienden niet dezelfde zou zijn met wie Nell een paar minuten eerder het hotel had verlaten.

"Ik vraag me af of het degene is waar anoniem naar verwees," antwoordde hij.

Hij zag dat ze een poging deed om te glimlachen.

'Waren we het er niet over eens dat je dacht dat het een leugen was?' Hij vroeg.

'Ja, maar soms kan ik het niet helpen dat ik denk... Wel. Je hebt die vrienden gevonden. Wat is er gebeurd?

"Ze hebben voor vanavond een goed feest georganiseerd en ze hebben me uitgenodigd om te gaan. Ik heb me niet hard gemaakt. Als je me wilt vergezellen, gaan we. Anders...

'Maar Nell, je weet dat je heel goed kunt doen wat je het leukst vindt. Je kunt alleen gaan...

Het alarm schreeuwde een waarschuwing naar hem. Je moest voorzichtig zijn. Misschien wilde die komiek hem in de val lokken.

Die vrienden waar hij het over had, waren waarschijnlijk zijn handlangers en hij zou in de bek van de wolf komen.

'Nou,' zei hij tegen zichzelf. Je was tenslotte erg geïnteresseerd om ze te ontdekken. Nou, je kunt de kans krijgen. Misschien denken ze dat je volwassen genoeg bent om iets voor te stellen...

De waarheid was dat hij niet geloofde dat deze vrouw hem in de een of andere val zou krijgen.

Ze waren niet op de hoogte van het plan dat hij en Nell van plan waren te ontdekken. In ieder geval zouden ze zich beperken tot het ontmoeten en kletsen met de idioot die hun spel speelde.

'Ik wil niet zonder jou, Jim,' antwoordde de vrouw. Als je niet komt, blijf ik hier.

"Zou je echt willen gaan?

'Kijk maar. Het wordt een goed feest.

"Waar is?

"Ze hebben een chalet gehuurd aan de rand.

'Nou. We gaan wel,' besloot James.

Ze straalde. Hoe hij ook zijn best deed, James kon geen spoor van triomf in haar glimlach vinden.

Voordat we vertrokken, terwijl de voorgewende Nellie Lawson de laatste hand legde aan je make-up, werd James opnieuw overvallen door het vreemde gevoel dat hij naar een val liep, maar hij was niet bereid om terug te keren.

Hij was dom geweest om Nells suggestie te accepteren.

Het was heel duidelijk dat de twee niets konden doen tegen die organisatie die bestond uit intelligente wezens die tot alles vastbesloten waren.

Hij kon echter nog een beslissing nemen voordat het te laat was, en vastbesloten ging hij aan tafel zitten en schreef een paar regels op een papier dat hij in een envelop deed, waarop hij het adres van vice-admiraal Cramer afstempelde.

Ze kwam naar buiten zodra hij het in zijn zak stopte.

"Wat is dat?" Hij vroeg.

James stak achteloos een sigaret op. Als zijn vermoedens waar waren, moest hij het nu, meer dan ooit, verbergen.

'Een brief voor mijn moeder', zei hij. Ben je bereid

"Ja, wanneer je maar wilt.

Voordat hij wegging, zorgde hij ervoor dat hij het pistool in zijn achterzak had en respecteerde kalm dat einde, sloot de deur en ging naast de vrouw staan, wachtend op de lift.

Eenmaal in de hal keek hij beide kanten op en zag geen teken van Nell. Hij benaderde het comptoir en overhandigde de brief aan de manager.

'Alstublieft, post het,' zei hij, haar een licht teken van intelligentie gevend.

"Dat zal ik doen, mijnheer," antwoordde de klerk.

Terwijl hij samen met de vrouw naar de uitgang liep, las de klerk de envelop:

Met de hand afleveren, binnen een uur bij vice-admiraal Cramer", las hij.

Het adres van de zeeman stond hieronder geschreven en de klerk slaakte een sissend gesis van verbazing, hoewel hij niet precies wist waar hij mee te maken had.

Zodra het stel in de auto stapte die voor het hotel stond te wachten, sprong een ander voertuig uit de rij waarin het geparkeerd stond en volgde hen door de straten, die op dat moment behoorlijk druk waren.

De bestuurder moest zeer bekwaam zijn, want hij liet de auto die hij achtervolgde niet van de zijne ontsnappen, ondanks het feit dat hij hem twee keer uit het oog zou verliezen in het drukke verkeer.

Eindelijk bevonden ze zich op de Albany Highway, die langs de kronkels van de Charles River liep, en de achtervolger deed zijn koplampen uit terwijl hij in het donker reed, zelfs met het risico tegen een boom te botsen, om niet ontdekt te worden.

Een paar minuten later keerde de auto waarmee James reed een zijweg in op aanwijzing van zijn metgezel.

"Duurt het lang?" vroeg Jacobus.

'Nee,' antwoordde ze. We komen eraan.

Eindelijk verscheen voor zijn ogen een chalet, eerder een villa in zijn proporties.

Het was een gebouw in Victoriaanse stijl, omgeven door een tuin, en had een deplorabele uitstraling door de moderne luchtaanpassingen aan de gevel.

Het tuinhek stond open en blijkbaar bewaakte niemand het.

James had het op het puntje van zijn tong om de vrouw die naast hem zat te vragen hoe ze de locatie van het chalet zo goed kende, maar hoewel hij er zeker van was dat ze daar al eerder was geweest, zei hij niets.

Het tuinhek viel stil achter hem dicht, zonder dat hij het merkte.

De man die erin reed, kon de kleine auto die op dat moment stopte onder de dikke bomen langs de weg niet zien, noch de man die eruit sprong en het huis met sluipende bewegingen naderde.

Er stonden vier of vijf auto's voor. James stopte degene die naast hen reed en toen hij uitstapte, merkte hij op:

'Wauw. Het lijkt erop dat we als laatste zijn aangekomen.

'Het maakt niet uit. Het zijn betrouwbare mensen.

De ramen van het appartement waren volledig verlicht en er kwam een helder licht naar buiten door de kieren in de gesloten gordijnen, waardoor de duisternis in het halfduister veranderde.

James en de vrouw liepen naar het huis en ze klopte op de deur, die openging, alsof ze van binnenuit wachtten.

James en het meisje gingen de verlichte hal binnen en de deur viel achter hen dicht, waardoor James de indruk kreeg dat de val waarin hij net opgesloten zat, zich aan het sluiten was.

En op dat moment was hij meer dan ooit blij de brief aan vice-admiraal Cramer te hebben bezorgd aan de manager van het Amarillo Hotel.

De man die het voor hen had geopend was een grote, gedrongen kerel met een dikke schedel, die James vaag aan iemand deed denken.

Hij was er zeker van dat hij hem had gezien, ook al kon hij niet aanwijzen waar.

"Hallo, meester", zei ze. Dit is kapitein Hunter. Hij is mijn vriend, over wie ik je al heb verteld.

'Aangenaam kennis met je te maken,' zei Meester, terwijl hij zijn hand uitstak met een brede glimlach die de argwaan van de zeeman bijna uitwist. "Wil je naar de "huiskamer"?

'Zijn ze allemaal al gearriveerd?

"Ja", antwoordde meester.

De tien of twaalf mensen, mannen en vrouwen, die in de hal waren, draaiden zich naar de deur toen James en zijn metgezellen verschenen.

Beslist had dit inderdaad het karakter van een partij, waarin blijkbaar niet al te veel maatschappelijke normen zouden worden nageleefd.

De mannen droegen hemdsmouwen en ze hadden kopjes of stukjes cake of cupcakes in hun handen en hadden allemaal een zitplaats weten te vinden.

Er klonk zachte muziek van het terras dat uitkeek op de achterkant van de tuin, en het ensemble was aangenaam en vertrouwenwekkend.

Maar bovenal voelde James een soort ondefinieerbare sfeer, alsof iedereen in de kamer verwachtte dat er van het ene op het andere moment iets zou gebeuren.

'Jongens, dit is Hunter,' zei Master. Jullie kennen Nell allemaal, dus het is niet nodig haar voor te stellen.

Hij had haar Nell genoemd.

Dit kleine detail overtuigde James ervan dat iedereen zich bewust was van zijn valse persoonlijkheid en dat er geen twijfel meer bestond dat hij aan alle kanten omringd was door spionnen.

Spionnen simuleren een vreugdevolle ontmoeting van werklozen, misschien voor het geval de politie zou ingrijpen.

Goed. Ze zouden je niet overrompelen. Als er iets tegen hem werd geprobeerd, zou hij proberen tijd te winnen.

Hij was bijna blij te bedenken dat hij degene was geweest die de contraspionage naar het hol van de spionnen had geleid, en hij begon te doen alsof hij zichzelf amuseerde terwijl hij zijn ogen nog steeds wijd open hield.

Waar zou Nel zijn?

Hij was blij dat hij haar bij dit alles vandaan had kunnen houden, want het meisje zou niet ophouden een belemmering te zijn als het moment zou komen om te vluchten.

Hij danste een paar stukken met de valse Nell die hij kende en dronk een paar drankjes, genoeg om de aandacht niet te trekken, maar ook niet genoeg om zijn helderheid van oordeel te vertroebelen.

Op het moment dat hij terugkwam in de hal, kwam Meester naar hem toe.

"Jager, kom met me mee", zei hij. Boven wacht iemand op je.

Hij glimlachte goedhartig toen hij het zei.

James, zonder te weten waarom, was er zeker van dat deze bandieten spoedig hun masker van vriendelijkheid zouden afwerpen.

Hij keek op de klok. Het was net een half uur geleden dat hij het hotel had verlaten.

Achter Meester en gevolgd door de vrouw, beklom hij de met tapijt beklede trap die naar de tweede verdieping leidde. Eenmaal daar klopte Meester op een van de deuren en maakte een uitnodigend gebaar.

James kwam door de ingang van een weelderig ingericht kantoor, maar had amper een paar stappen in de kamer gezet of hij werd vastgepind aan de stoep.

"Nel!" Hij schreeuwde.

Zijn uitroep werd verward met het geluid van de gesloten deur en het ironische gegiechel van Meester.

'We hadden gelijk, Lorna,' zei hij. Hij ontkent niet dat ze elkaar kennen.

"109

James knarste zijn tanden van woede over haar domheid, ondanks dat hij de verrassingsfactor als excuus had.

Nell zat in een leunstoel achter het bureau op kantoor, bleek als een lijk, en ze kon de kracht niet vinden om zelfs maar naar hem te glimlachen.

De matroos draaide zich naar de deur. De vriendelijkheid was verdwenen van het gezicht van Meester, die hem fronsend aankeek.

Naast hem staarde ook een man met een mager skelet, hoge jukbeenderen en levendige ogen onder een voorhoofd dat door zijn kaalheid tot het midden van de schedel reikte, met een automaat in zijn handen.

Een beetje achter Loma 'had eindelijk zijn naam ontdekt', glimlachte sarcastisch naar hem.

'Goed,' zei James koud. Nu spelen we met de kaarten in zicht. Wat ben je van plan te doen?

'Misschien is er iets aan de hand,' antwoordde Meester. Kom op, Walter, leg uit...

'Nog niet,' antwoordde het skeletachtige individu. "Ga zitten. Nee, niet daar", zei hij snel, toen hij zag dat James naar een stoel liep die bij een raam stond. Daar. Voor haar vriend.

Jacobus deed dat.

'Wat is er, Nel?' vroeg hij glimlachend om haar aan te moedigen. "Het lijkt erop dat we als konijnen zijn opgejaagd. Hoe was de jouwe?

'Er verscheen een man in mijn hotelkamer, toen ik op je telefoontje wachtte. Hij vertelde me dat je hem stuurde om me naar het kantoor van vice-admiraal Cramer te brengen, waar je een ontmoeting had. Ik dacht dat het een dwaas was. Toen hij door de lobby liep, gaf hij aan dat ik de manager moest vertellen dat we ... vrienden waren.

'Ik begrijp het,' mompelde James. Het was net zo makkelijk als de mijne. Als ze me nu vertellen dat ze doen alsof...

'We willen het weten,' antwoordde Walter. Je hebt gisteren Lorna's bagage doorzocht. Ze "wijst naar Nell" heeft bekend dat ze al vijf dagen aan het interviewen is.

"Nou. Nou, jij weet alles," antwoordde James glimlachend.

De ogen van het skelet verstarden.

'Je bent erg bijtend, Hunter, maar wij zijn meer. Wat we willen weten is wie haar de opdracht heeft gegeven om de komedie te volgen, wetende dat Lorna zich voordeed als Nell Lawson. We willen dat je ons vertelt wat die contraspionageagenten van de marine over ons weten. Weet je waarom we hier bijeen zijn?

"Ik vermoed. Je hebt kaarsen verzameld en bereidt je voor om te vluchten, als het zo erg is als je denkt.

'Je bent heel slim, maar het zal je geen goed doen,' dreigde meester. Ik ga hem het gezicht nalaten dat noch zijn eigen moeder hem zal kennen. Ik ga je lever opeten.

Hij was woedend over het uiteindelijke mislukken van hun plannen en omdat hij niet wist wat er op dat moment tegen hen werd gepland.

Het was gevaarlijk, maar James kon het niet laten hem te plagen.

"Zoet!" zei hij lachend.

Meester snoof van woede en sprong naar hem uit. James stond op, klaar om de aanval af te weren ondanks Walter's pistool, maar Walter schreeuwde:

"Nog steeds!

Meester liet zijn vuisten zakken en knarste van woede met zijn tanden.

Lorna giechelde even. Ze zat bij de deur en keek met duidelijke interesse naar het tafereel, maar James begreep de reden van haar schijnbare geamuseerdheid niet.

'Zal hij spreken of niet?' Vroeg Wouter.

"Ik veronderstel dat ik geen andere keuze zal hebben," antwoordde James, "maar eerst wil ik iets vragen. Hoe werd Nells brief onderschept? Hoe wisten ze dat ze was gekomen?

"Ik weet het, Jim," antwoordde het meisje. Het was Jane Barnet "en vóór het gebaar van onwetendheid van de zeeman verduidelijkte ze": ze is mijn kamergenoot. Ze werkte op hetzelfde kantoor als ik en we waren als zussen. Blijkbaar is ze verbonden met ... met deze ... "ze heeft geen enkele belediging geuit." Ik schreef hem vanaf hier dat hij me wat bagage moest sturen, omdat ik je had gevonden en ik van plan was meer tijd door te brengen dan berekend. Stel je voor... ik ben een dwaas geweest, een...

'Maak je geen zorgen, Nell. Je kon niet weten dat ze een vulgaire verrader van haar land was.

Meester was weer woedend. Deze man was gevaarlijk, maar misschien niet zo gevaarlijk als de koude Walter.

'Jane heeft niemand verraden', zei hij. Haar ouders waren Duits en ze had zich te danken aan het vaderland van haar ouders.

"Ja?" vroeg James sluw.

"Nu weet je alles en kun je loslaten wat je weet.

De matroos zweeg.

Het was duidelijk dat als hij deze mannen zou vertellen dat ze uit zichzelf hadden gehandeld, ze hen allebei zouden doden zodat ze vrijer konden vluchten.

Nu hing alles van hem af. Van hem en Cramer. Succes en leven of mislukking en dood hing af van hoe snel hij zijn mannen in beweging zette.

Hij stond langzaam op uit zijn stoel en liep een paar passen, gevolgd door de dreiging van het pistool in Walters hand.

Terwijl hij zijn handen in zijn broekzakken stak, voelde hij achter de spanning die zijn eigen wapen veroorzaakte en was blij dat hij niet gefouilleerd was.

"Bevries waar het is!" Meester bedreigd.

'Laat hem,' antwoordde Lorna droogjes. Misschien moet je je concentreren.

Tijd winnen. Dit was wat hij echt nodig had. Nooit zoals toen begreep hij de waarde van minuten, zelfs seconden.

'Je bent afschuwelijk,' snauwde hij in het gezicht van de vrouw. "Niemand zou in staat zijn om te doen wat jij hebt gedaan.

'Vertel het me niet,' antwoordde ze sarcastisch. Gaat hij me een moraliserende toespraak houden?

'Nee. Ik veronderstel dat zijn ouders ook Duits zouden zijn.

"Mijn ouders en ik. Ze brachten me hier toen ik nog heel jong was.

'Goed, Hunter. We wachten.' Walters stem was koud en metaalachtig.

'Als ik je dat zou vertellen, behalve Nell en mij, niemand iets wist, zou je me toch niet geloven?' vroeg James, kijkend naar de loop van zijn pistool.

"Natuurlijk niet. Kom nu niet met verhalen naar ons toe", antwoordde Meester geërgerd.

"Stil, meester. Is dat waar?" vroeg Walter zacht.

"Niet. Dat is het niet. De agenten van de contraspionagedienst weten alles, "James heeft gelogen." Zij waren degenen die me opdracht gaven verder te gaan, "voegde hij er venijnig aan toe." Denk je dat je dom bent? Ze hebben ze. Waarschijnlijk vijftig van hen zullen ons gevolgd zijn...

Walter schudde zijn hoofd en klakte met zijn tong.

'Hij liegt. Lorna heeft hem hierheen gebracht,' zei hij.

'Maar we stonden onder toezicht,' antwoordde James hartelijk. Iemand moet ons het hotel hebben zien verlaten...

'Het is een leugen,' barstte meester uit. " Begrijp je het niet, Walter? Het eerste wat hij zei is de waarheid. Ze wilden de zaak zelf oplossen. "Hij lachte onaangenaam en voegde eraan toe:" Goed, Hunter. Hier heb je bijna alle onderdelen van de organisatie Waarom neem je ons niet mee en draag je ons over aan de autoriteiten, zij aan zij vastgebonden?

James wierp een blik op Nell en, heimelijk, op de klok. Het was elf uur 's avonds, wat betekende dat zijn brief inmiddels Cramers handen zou bereiken.

Nell was erg bleek, maar ze probeerde kalm te blijven. De jongeman vond dat het tijd was om in actie te komen. Hij wist niet hoe, maar het gesprek was uitgeput en het einde, wat het ook was, nabij.

"Hoe dan ook, het einde van jullie twee zal hetzelfde zijn," zei Walter koeltjes. Ze zijn een gevaar voor ons en ze moeten sterven. Dan zullen we in het land oplossen tot de storm voorbij is.

James deed een paar stappen dichter bij Nell.

'Zijn ze van plan ons te vermoorden?' Hij vroeg.

Wouter knikte.

'Kom eruit,' zei hij.

Lorna stond op en Meester schreed naar de deur en deed hem open. Walter zei nog eens:

Kom op, ga weg.

Wat ik nu niet deed, zou ik nooit doen.

Nell slaakte een zwakke kreet toen ze met geweld werd geduwd en op de grond viel.

Op hetzelfde moment hurkte James achter de tafel en trok het pistool.

Walters projectiel suisde langs zijn hoofd en schoot er op zijn beurt onderdoor.

De kleine man gromde van de pijn en liet het pistool vallen toen hij pijn in zijn buik voelde.

Meester sprong het kantoor uit, achtervolgd door een geweerschot, en Lorna ging zijn voorbeeld volgen, maar James schreeuwde:

"Bevries waar je bent of ik schiet je neer!"

De vrouw hief haar armen op en draaide zich naar hem toe met een felle frons op haar gezicht.

Op de trap begonnen haastige voetstappen te worden gehoord.

James schreeuwde:

"Doe de deur dicht!

'Kom maar dicht,' antwoordde ze.

Hij moest het risico lopen door Meester te worden neergeschoten, maar het was essentieel dat de deur werd gesloten voordat deze menigte wanhopige mannen de kamer bestormde.

James sprong van achter de tafel naar de muur en rende erlangs, nog steeds wijzend naar Lorna.

Eenmaal bij de deur vuurde hij twee keer op de trap en had de voldoening een kreet van pijn te horen.

Toen sloeg hij de deur dicht, trok aan de grendel en trok zich van haar weg.

Een waarschuwingskreet van Nell werd verward met de dichtslaande deuren die van buiten op de houten plank werden gelost.

"Pas op, Jim!

James draaide zich snel om.

Walter was erin geslaagd een beetje in zijn eigen bloed te kruipen en hield het pistool weer vast.

James wilde de trekker overhalen, maar op dat moment klonken er enkele schoten en de projectielen doorboorden het hout met scherpe klikken, waardoor Walter's actie eindigde.

Ze waren aan het slot. Lorna stond tegenover hem aan de andere kant van de deur, met een grimmig gezicht.

'De rollen zijn omgedraaid, lieverd,' zei hij wrang. Waarom gebruik je nu je sarcasme niet?

'Denk je dat je hier levend uit kunt komen?

"Wie twijfelt eraan? Wat ik zei was waar. Luistert.

Hij en Lorna hielden hun oren uit het raam.

En tot James' verbazing klonken er bevelende stemmen buiten, waardoor hij naar adem snakte.

Was het mogelijk dat het Cramer was?

Hij keek op de klok. Nee, hij had zijn mannen niet in zo'n paar minuten in beweging kunnen krijgen, laat staan dat hij er was.

Tenzij de brief voor de afgesproken tijd was bezorgd.

"Wat denk je?" Hij vroeg Lorna.

'Je bent een... een...' riep ze uit met fonkelende ogen.

De mannen buiten moeten ook iets ongewoons hebben gehoord, want hun opgewonden stemmen waren niet meer te horen in de gang.

'Ze bereiden zich voor om weerstand te bieden,' zei James tegen Nell, die hem had benaderd. Kun je met een pistool omgaan?

'Een beetje,' antwoordde ze. Henri heeft het me geleerd.

'Neem die maar' hij wees naar die van Walter. We moeten de aardige Lorna uitschakelen "Nell pakte het pistool van de dode man niet zonder enige vrees en James beval opnieuw": Breng de koorden van de gordijnen.

Kort daarna, samenvallend met het eerste schot, dat aankondigde dat de spionnen zich voorbereidden om zich tot het einde te verdedigen, lanceerde Lorna een volkomen onschuldige scheldwoord op hen, stevig vastgebonden aan een stoel.

"Wat een tong, mijn God, wat een tong!" Zei James, geschokt. " En dan te bedenken dat er vrouwen zijn die zo kunnen praten. Kijk uit, Lorna, mijn liefste! Als je heftig beweegt, kun je de stoel omverwerpen.

De vrouw fonkelde uit haar ogen, woedend als een harpij.

Voor James was dat moment zoet als nectar, zich realiserend dat hij eindelijk zou zegevieren in de samenkomst. Nel kwam naar hem toe.

'Kijk naar haar,' zei de matroos. Sinds een aantal dagen spelen we wie houdt wie voor de gek en eindelijk ...

Een dreunende stem van buiten onderbrak hem. Wie sprak, deed dat via een luidspreker

en zijn waarschuwing vulde alle delen van het huis.

"Geef je over! Ze zijn omheind en hebben geen kans om te ontsnappen.

James fronste verbaasd zijn wenkbrauwen. Hij kende die stem.

"Maar het is Sturges!" Hij riep uit.

De zaken bleven een gunstige wending nemen. Nu was het alleen nog nodig dat Cyrus Sturges genoeg troepen had gebracht om de villa te bestormen voordat de bewoners erin slaagden in het kantoor in te breken.

Een salvo was het antwoord op de intimidatie van Sturges.

Met haar bepaalden de spionnen hun houding. Ze gaven er de voorkeur aan hun leven duur te verkopen om zich over te geven.

Het schieten werd algemeen en lichtstrepen begonnen door de ramen te dringen, afkomstig van de koplampen van de auto's die het huis aan alle kanten omringden.

'Nell, we moeten iets doen,' zei James. Help mij.

Tussen hen in plaatsten ze wat meubels achter de deur, maar de verdedigers van het huis leken erg druk te zijn met het afweren van de aanval van hun vijanden, aangezien ze hen negeerden.

Zo ging er een half uur voorbij, waarin hij ervan overtuigd was dat ze het allebei vergeten waren.

"We moeten doen om buitenstaanders te helpen," zei hij.

De schoten van de verdedigers van het chalet werden steeds minder gevoed, een duidelijk teken dat ze slachtoffers leden.

Het meest comfortabele zou zijn geweest om te wachten tot het einde van de strijd in de relatieve veiligheid van het kantoor.

Maar de aanwezigheid van Sturges daar gaf James vermoedens die helemaal niet prettig waren, en hij zei tegen zichzelf dat hoe meer hij meewerkte, hoe minder zijn metgezellen aan hem twijfelden.

'Ik ga uit, Nell,' zei hij. Zorg voor die heks.

'Niet doen, Jim. Over een paar minuten is alles klaar.

De matroos pakte haar liefdevol bij beide schouders.

'Ik moet wel, Nell, begrijp je dat niet? Mijn situatie is erg delicaat. In het beste geval ben ik voor de gek gehouden en moet ik zoveel mogelijk meewerken.

Ze slikte moeilijk en schudde haar hoofd.

'Ik denk dat je gelijk hebt,' zei hij. Maar in godsnaam, Jim, wees voorzichtig.

Hij kneep zachtjes in haar handen en begon geruisloos de achter de deur opgestapelde meubels te verwijderen.

Toen haakte hij de grendel los en opende hem langzaam.

Het geluid van de schoten die van beneden kwamen, werd duidelijker.

Voordat hij het kantoor uit sprong, keek James door de halfopen deur, maar hij zag niemand.

De geur van buskruit deed pijn aan zijn neusgaten toen hij voorzichtig zijn hoofd naar buiten stak.

Meteen werd hij bij zijn nek gegrepen en eruit gegooid en iemand gaf hem een verschrikkelijke duw die hem tegen de leuning van de trap gooide.

James verloor het pistool bij de crash.

Hij bewoog zich als een kat en kon in het boze gezicht van Meester staren.

De matroos rolde om toen de mastodont twee keer de trekker overhaalde.

Een van de projectielen zonk in de stoep, maar de andere raakte zijn doel en James voelde het lood in zijn rechterdij bijten.

"Ik ga je vermoorden" brulde de reus. Ik vermoord je als een hond. Ik zal vallen, maar jij...

Hij boog zich over James heen en tilde hem rechtop met zijn linkerhand, hem tegen de muur gooiend.

De matroos probeerde zich eraan vast te klampen, maar zijn kracht liet hem in de steek en hij stortte met beestachtige kracht tegen de muur.

Hij kreunde en gleed langs de muur tot hij op de grond zat.

Meester hief het pistool weer op en James sloot zijn ogen, in afwachting van het onvermijdelijke.

Hij hoorde drie schoten perfect, maar voelde niet de minste pijn en vroeg zich af hoe het mogelijk was dat Meester de schoten op deze afstand had gemist.

Te midden van de nevels die worstelden om zijn hersens over te nemen, zag hij hem wankelen en draaide hij verbaasd zijn hoofd naar de deur van het kantoor.

Nell was daar, met Walters pistool in zijn hand, waarmee hij had geschoten. Meester keek haar even verbaasd aan als hij.

Zijn kracht moet enorm zijn geweest, want ondanks dat hij de drie projectielen had toegegeven, worstelde hij nog steeds om het pistool op te pakken dat op de grond was gevallen.

Eindelijk slaagde hij erin en wankelde voor Nell, zijn linkerhand om zijn zij geklemd.

"Schiet... Nell!" riep James schor uit.

Er kwam een soort donderslag uit de hand van het meisje, die tegelijkertijd haar ogen sloot.

Meester gromde en deed een paar stappen achteruit. Hij probeerde zich aan de trapleuning vast te houden, maar dat lukte niet, en rolde hem de hal in, waar hij stil lag.

Bij het geluid van geweerschoten kwam een man uit een van de kamers.

Hij was in zijn hemdsmouwen, ruig en vuil. Wanhoop stond in zijn ogen toen hij opkeek en toen hij Nell naar James zag rennen, vuurde hij op haar, maar slaagde er niet in haar te bereiken.

Toen rende hij naar boven. Nell schoot hem twee keer neer.

De tweede, de hamer viel in de leegte en het meisje gooide het pistool naar hem. De man boog zijn hoofd om haar heen en liep verder, woedend zijn lippen op elkaar tuitende.

Nell nestelde zich tegen James aan, vastbesloten hem te beschermen. Zijn blik viel op het pistool van de matroos dat bij de reling gevallen was en hij rende ernaartoe, voordat hij het kon bereiken, reikte de man omhoog en richtte zijn pistool op haar.

"Bevriezen ...!" Hij brulde.

Alsof haar schreeuw een signaal was geweest, weergalmde een helse brul door de zaal.

De projectielen werden met tientallen tegelijk beschoten.

Stukken hout van de balustrade vlogen de lucht in, vermengd met pleistersnippers van het plafond.

De man kreunde en viel achterover, doorzeefd met kogels. Nell combineerde zijn gekreun met een flauwte.

'Ja,' antwoordde de vice-admiraal geïrriteerd. "Natuurlijk heb ik je brief ontvangen, maar wat je had moeten doen, was je ontdekking onder de aandacht van Sturges of mij brengen. Het zou voor iedereen gemakkelijker zijn geweest.

'Het spijt me meneer, ik moest degene zijn die ze moest ontmaskeren. Het was mijn plicht, want ik werd voor de gek gehouden als een Chinees.

"Dat zal je helpen om in de toekomst voorzichtiger te zijn", zei Sturges. "Trouwens. Je hoefde geen zakdoeken meer te hebben om je de weg te wijzen naar vice-admiraal Cramer. Ik had alle leden van de organisatie al gelokaliseerd. Een agent van mij volgde jou en die Lorna het hotel uit.

James lachte zacht. Hij lag op het bed in een grote kamer in het Marinehospitaal en Cramer en Sturges zaten naast hem.

"Waar lach je om?" Vroeg de eerste.

'Ik vertelde Walter, ik bedoel de skeletachtige persoon wiens lichaam in het kantoor werd gevonden, ik vertelde hem dat een contraspionageagent me had gevolgd en dat hij me niet wilde geloven.

'Goed, Hunter,' zei Cramer terwijl hij opstond. "Ik ben blij dat alles goed is gegaan. Weet je dat we een moment begonnen te vrezen dat je een bondgenootschap had met deze schurken?

"Me?" vroeg James verbaasd. Om welke reden moet hij zijn?

'Uit liefde voor Lorna, natuurlijk.

'Het was geen liefde die ik voor haar voelde,' antwoordde James. Nu weet ik het.

'En ik neem aan dat het Nell Lawson was die je het verschil deed merken, toch?

'Inderdaad,' glimlachte James. Hé, Sturges, is een van hen ontsnapt?

'Niemand. We hebben twaalf goede stukken in rekening gebracht, waarvan we de meeste zochten. En de agenten uit Canada gingen tegelijk met ons aan de slag. Zie je, Hunter, je hebt jezelf tevergeefs blootgelegd.

"Geloof je?" Vroeg het laatste.

'Goed,' gaf Sturges toe. Misschien was het niet helemaal nutteloos. Hij heeft in ieder geval zijn naam van verdenking gezuiverd.

De twee mannen vertrokken, maar de deur ging niet dicht. Nell verscheen erin, sloot het achter zich en kwam op James af.

"Hoe voel je je?" Hij vroeg.

'Heel goed, Nell... je was erg dapper om dat beest te trotseren. Weet je dat ik je mijn leven schuldig ben?

Ze bloosde intens.

'Wat zou ik anders kunnen doen, Jim?' Hij vroeg.

'Je bent bewonderenswaardig,' bevestigde hij, terwijl hij haar hand pakte. " Maar je weet niet wat je hebt gedaan. Je hebt mijn leven gered en nu zul je het moeten houden ... altijd.

Hij keek naar haar ogen.

'Het zal een heel plezierige bezigheid zijn, Jim,' antwoordde ze, haar ogen fonkelend van geluk.

'Ik ben blij dat je er zo over denkt. Trouwens, je hebt me eens verteld dat beloften aan de stervenden heilig waren. Weet je dat je broer me liet beloven met je te trouwen?

Nel lachte.

"Het is waarschijnlijk een leugen, maar hoe dan ook, ik ben bereid zijn laatste wil uit te voeren.

'Nou, hij heeft het niet gezegd, maar ik weet zeker dat hij het deed. Nell, we moeten proberen de betrekkingen van goed nabuurschap tussen onze landen te versterken, vind je niet?

Ze bevestigt met haar hoofd.

'Nou, zou je me dan een klein voorschot kunnen geven.

Hij hief zijn hoofd naar haar op en bood haar zijn lippen aan.

Nell Lawson boog zich een beetje voorover en streek ze met haar mond af, maar ze was in de val gelopen.

Jims sterke armen sloegen om zijn nek, maar hij hoefde zich niet in te spannen om de kus eeuwig te laten duren.

EINDE

96